D1095118

collection

« PLUME »

Le Sénatorium

Les éditions de la Pleine Lune
223, 34ᵉ Avenue
Lachine (Québec)
H8T 1Z4

www.pleinelune.qc.ca

Illustration de la couverture
Jean Yves Collette, *L'Assemblage* (détail), 1984

Infographie
Jean Yves Collette

Diffusion pour le Québec et le Canada
Prologue
1650, boulevard Lionel-Bertrand
Boisbriand (Québec)
J7H 1N7

Téléphone : (450) 434-0306
Télécopieur : (450) 434-2627

FABRICE P. SAINT-PIERRE

Le Sénatorium

roman

éditions de la
pleine
LUNE

Bibliothèque nationale du Québec

La Pleine Lune remercie le Conseil des Arts du Canada ainsi que la Sodec, Société de développement des entreprises culturelles, pour leur soutien financier, et reconnaît l'aide financière du gouvernement du Canada, par l'entremise du Programme d'aide au développement de l'industrie de l'édition (Padié), pour ses activités d'édition.

ISBN 2-89024-149-1
© Les Éditions de la Pleine Lune 2001
Dépôt légal – quatrième trimestre 2001
Bibliothèque nationale du Québec
Bibliothèque nationale du Canada

UN

L'APPARTEMENT DE SLOBOVITCH

Ce récit se passe en l'année faste où l'on élut pour la première fois un chien au poste de député, brisant ainsi à jamais l'apartheid politique longtemps décrié par le tout-puissant syndicat canin. Signe de l'arrivée de temps nouveaux, ce chien se vit confier le prestigieux ministère de la Pensée conforme et, sitôt assermenté, il s'empressa de faire raser un des plus beaux quartiers de la Cité sans avoir même pris la peine de le faire évacuer, pour y édifier un bâtiment dont l'étrangeté de l'architecture n'aurait d'égal que celle de ses nouveaux locataires. La bureaucratie gouvernementale l'affubla du titre d'Hôpital central général de refonte de la pensée unique, mais les habitants des quartiers voisins épargnés eurent tôt fait de le rebaptiser d'un nom non moins inquiétant. Le Sénatorium.

Il avait été érigé non loin de l'océan.

Igor Slobovitch avait l'habitude de recevoir trois enveloppes le premier lundi de chaque mois. Igor Slobovitch était né bien après que la Grande Révolution démocratique n'eut secoué la péninsule et renversé les idées traditionnellement préconçues. Après aussi que le gouvernement appuyé par le peuple eut décidé de régulariser et contrôler les contacts avec l'extérieur et que l'on eut commencé à surnommer l'Île, cette terre qui l'avait vu naître, et qui, malgré l'isthme étroit qui la rattachait toujours au Continent, en demeurait maintenant idéologiquement séparée. Voire même aux antipodes.

Igor Slobovitch donc, lui qui était né bien des années après la Révolution et n'en avait rien connu, avait l'habitude de toujours recevoir trois enveloppes, chacune d'entre elles, à l'exception de la dernière, contenant un chèque aux montants parfois variables. La première enveloppe lui venait du Secrétariat au revenu garanti et contenait une allocation financière mensuelle que recevait également chaque citoyen de l'Île, conformément à l'Article 9 de la Constitution. La deuxième, elle, contenait son salaire d'employé de classe IV, évalué personnellement selon des critères édictés par un conseil formé de membres de sa corporation professionnelle, d'élus et de hauts fonctionnaires de l'État. La troisième était une lettre de sa maman, et il prenait toujours grand soin de la lire – bien qu'il n'y soit jamais joint aucun chèque – avant de la placer dans un non moins grand coffre, où elle séjournait de trois à quatre semaines – manière de pouvoir la consulter à nouveau – avant de rejoindre les feux de l'incinérateur. En effet, dans l'Île, toutes les ressources devaient être partagées par l'ensemble de la population. Et l'on s'attachait peu aux vieilles choses.

Mais en ce premier lundi du mois de septembre, il se passa une chose étrange, une chose inhabituelle, qui vint perturber à jamais la douceur de l'existence routinière, mais néanmoins sympathique de l'employé de classe IV Igor Slobovitch. Il reçut en effet ce jour-là une quatrième enveloppe. Après avoir lu et relu son nom sur l'enveloppe à trois reprises – et oubliant pour la première fois de prendre des nouvelles de sa génitrice dans l'immédiateté de la réception de son courrier – Igor décida qu'il était temps de l'ouvrir, qu'elle était bien à lui et qu'il n'y avait pas d'erreur possible. D'ailleurs, là où l'État posait la main – ou même le petit doigt – il n'y avait jamais d'erreur possible.

C'était une lettre de ministre. Slobovitch le devina aisément, car elle dégageait une odeur distinguée. Une vraie odeur de ministre. Même si c'était aussi celle d'un chien. Il la lut.

« M. Oswald Arthur René Igor Slobovitch, nous tenons à vous féliciter personnellement pour votre grande distinction en tant que citoyen et travailleur. Vous avez en effet été choisi pour servir d'émissaire à notre noble et bon État dans une dimension nouvelle de joie et de bonheur perpétuels que les fantastiques progrès de nos scientifiques si joliment subventionnés nous ont permis en ce jour d'atteindre. Une voiture, affrétée par notre Ministère, viendra vous chercher dans les sept minutes suivant le commencement de la lecture de cette lettre pour vous emmener dans un lieu de quarantaine et de découverte, non loin de l'océan, passage obligé vers ces horizons nouveaux, que nos généreux ingénieurs ont eu la bonté d'établir et d'ériger, dans le seul intérêt de vous servir, vous et tous vos autres si admirables et non moins sympathiques concitoyens. C'est une

mer de possibilités qui s'ouvre à vous, être déjà si plein de potentialités et guidé par ces bonnes valeurs socialisantes qui caractérisent notre si mignon appareil technobureaucratique peuplé de gens gentils gentils. Mais plutôt que de vous traiter avec condescendance, nous écourtons ces politesses et vous avisons que nous sommes en route et arrivons pour vous chercher. De plus amples explications vous seront fort aimablement fournies, mais plus tard. Pour l'instant, rappelez-vous seulement que vous avez été choisi parmi six millions d'autres candidats – qui vous sont cependant intégralement et parfaitement égaux, l'élitisme étant ici proprement sans existence – et que vous serez bientôt amené à passer un moment d'existence unique, bien que partagé. Alors profitez bien de ce petit moment de calme matinal et de détente. Il vous reste 5 minutes 30[1]. »

Joshua Crown
Ministre de la Pensée unique et démultipliée

Il était en effet presque 10 heures moins 5. Et les fonctionnaires publics affectés au Ministère du transport particulier commençaient toujours leur journée à 10 heures. Slobovitch eut donc à peine le temps de prendre un café, de jeter la lettre de sa maman directement dans l'incinérateur – sans même avoir pris le

---

1   Suivant les calculs du sous-secrétariat à la statistique, compte tenu de la vitesse de lecture en mots/minute et du niveau d'éducation moyen des travailleurs de classe IV, avec un coefficient d'ajustement pour les personnes dont les initiales sont I.S., majoré à 5 % de risque d'erreur, 19 fois sur 20.

temps de la lire ou de l'effleurer de la pointe du regard – et de prendre son attaché-case, que la voiture du Ministère s'immobilisait déjà devant la structure de béton qui lui servait d'appartement et qui l'avait vu naître à sa vie de citoyen actif pendant près de quinze longues années. Il ne le reverrait plus. Le cri braillard du klaxon de l'envoyé du Ministère lui indiquait son destin.

DEUX

LA COURSE EN VOITURE
AFFRÉTÉE PAR LE MINISTÈRE

La course en voiture fut longue, mais sans histoire. Le conducteur était muet, comme tous les employés subalternes des ministères. Pour raison d'État. Parce qu'en côtoyant le pouvoir, ils étaient susceptibles d'entendre des informations et ils ne devaient pas être en mesure de les communiquer. En plus d'être muet, ils étaient donc aussi illettrés. La suggestion avait déjà été faite d'employer plutôt des conducteurs sourds, ce qui aurait été à la fois plus efficace et plus exotique, mais il semblait que ceux-ci avaient tendance à ne jamais écouter ce qu'on leur disait. On avait donc décidé de les écarter. Sans chercher à savoir pourquoi. Toute conversation entre Slobovitch et l'homme qui se tenait au volant semblait donc vouée à l'échec. Slobovitch se borna donc à noyer son regard dans les vitres teintées. Par habitude. Car si dans le merveilleux monde de l'Île, on était généralement heureux, on attendait souvent. Et Slobovitch avait dû apprendre à s'ennuyer, ce qui n'était pas en tout point désagréable.

TROIS

DEVANT LE SÉNATORIUM

Le Sénatorium avait été construit sur d'anciens thermes romains ou byzantins, et en avait gardé toute l'humidité. Il ressemblait pourtant davantage à un réacteur nucléaire de par sa structure, d'où on aurait chassé tous les soviétiques et tous les contre-espions industriels sino-américano-britanniques... Ou peut-être à une gare, dont les rails seraient demeurés invisibles, ou peut-être simplement hors de portée. De ceux qui n'étaient pas encore prêts à partir.

« Le Sénatorium est un lieu de passage. *Vous* avez été sélectionnés, parmi les plus égaux citoyens de l'Île, pour entreprendre un voyage spirituel vers une autre dimension du réel, vers un degré supérieur de l'existence. Votre destination reste encore inconnue. Mais vous serez les ambassadeurs de notre peuple en ce nouvel espace-temps. Vous serez encadrés par nos hommes de science et nos ingénieurs, et devez leur vouer une absolue confiance. Et une totale obéissance. Ils ne sont là que dans l'unique dessein de vous aider. De *nous* aider à atteindre de nouvelles limites. Vous n'êtes pas les premiers. D'autres sont en route. Vous connaîtrez peut-être l'échec. Mais demeurerez des précurseurs. Je vous souhaite la meilleure des chances. Et vous laisse avec ce seul avertissement. Vous verrez derrière ces murs des hommes à la conduite étrange. Vous-mêmes subirez des évolutions notables, qui pourront vous sembler anormales ou inquiétantes. Mais ne vous en inquiétez nullement. Elles ne seront que progression naturelle vers un état supérieur d'existence. Fiez-vous à notre encadrement. Et même quand vous croirez plonger dans la folie, n'essayez pas de vous retenir. Votre destin ne s'en trouverait qu'empiré, voire même singulièrement amoindri. Fiez-vous à notre jugement. Nous sommes pour la plupart des hauts fonctionnaires de l'État. Des gens exceptionnels, égaux à vous. Allez, et soyez fiers, mes enfants. Marchez vers votre élévation future. »

Ce discours du sous-ministre adjoint à la Pensée et aux Services pharmacologiques de tempérance, qui se tenait sur une estrade d'une hauteur nulle, de manière à être au niveau du simple citoyen, ce qui empêchait Slobovitch, caché par une cinquantaine d'autres candidats, d'apercevoir les traits les plus grossiers de son visage, étonna pour le moins celui-ci, fidèle citoyen-électeur de l'État. Que signifiaient toutes ces références quasi religieuses ou quasi mystiques, et cet élitisme sélectif de pacotille à peine camouflé ? Slobovitch n'en croyait pas son oreille, l'autre étant malheureusement munie d'une prothèse auditive. Tout ceci était pour le moins inhabituel. Il se passait vraiment quelque chose d'étrange dans la bureaucratie de l'Île. C'était peut-être la mauvaise influence venue de ces démons néo-libertaires qui, d'après les légendes, peuplaient et détruisaient le Continent. De tout cet enchevêtrement de mots qu'un haut dignitaire lui lançait au visage, Slobovitch n'en comprenait pas un seul. « Nouvelles limites », « degré supérieur de l'existence », « élévation nouvelle », que voulaient dire ces expressions étranges ? C'était presque de la poésie. Ou pire, de la religion. C'était à en pleurer. Mais il n'était plus temps de reculer. Il fallait continuer de faire confiance à l'État. Même s'il semblait cacher quelque chose. De toute façon, les autres candidats, plus dociles, s'avançaient déjà vers l'entrée de la cour. Et des soldats en armes arrosaient d'essence le sol derrière eux. Slobovitch prit donc son mal en patience, et il s'avança sur la pointe des pieds. Il ressentait une répulsion face à l'inhospitalière tour dépourvue de fenêtres qui se dressait devant lui. Mais son asservissement à la Machine continuait à le dominer. Et le feu rejoignait déjà les quelques candidats qui traînaient de la patte derrière lui.

Slobovitch eut alors une pensée. Il se demanda ce qu'il aurait pu être, s'il s'était avéré qu'il ne vécût pas sur l'Île – qui n'en était pas réellement une – mais plutôt sur le Continent. Il aurait sans doute pu être cet enfant qu'on appellera Valentin et qui s'éveillait paresseusement pour découvrir une journée nouvelle, alors même que Slobovitch, à plusieurs milliers de centaines de kilomètres, se trouvait déjà fort bien éveillé et accélérait même graduellement le pas pour échapper aux flammes qui lui léchaient déjà les flancs.

Valentin, étendu dans son lit aux couvertures bariolées de publicités vantant les automobiles, ouvrit tranquillement un œil, puis l'autre. Les petits lutins n'étaient plus là. Ils avaient disparu. Les pastilles à mâcher Revercore avaient donc terminé leur effet. Et tout leur contenu actif avait été assimilé par son sang. Il avança la main vers sa table de nuit pour s'emparer de deux cachets vert translucide et les avala sans les croquer. Une pastille Revercore enlevait tous les soucis pendant une heure et demie. Deux pastilles Revercore enlevaient tous les soucis pendant un avant-midi. Et avec trois pastilles Revercore, des soucis, on n'en avait plus jamais...

Valentin ferma les yeux un moment, le temps de laisser les composés chimiques faire leur effet. Il souriait doucement. Quand il rouvrit ses paupières, les petits lutins étaient revenus. Les petits lutins qui ne l'avaient jamais vraiment quitté – jamais laissé totalement seul – depuis le jour de ses cinq ans, où il avait enfin atteint l'âge légal pour exercer son devoir de consommation des produits de la grande industrie pharmacologique, la mamelle nourricière du pays, avec ses noms grandioses et déifiés, qui faisaient trembler les foules.

Quand Valentin s'était réveillé, ne voyant pas les petits lutins, il avait instinctivement tourné son regard vers le grand écran digital qui couvrait tout un mur de sa chambre et diffusait en permanence des publicités spécialement sélectionnées selon son profil de consommateur. Les grands bureaux de marketing et de statistiques avaient en effet obtenu, à grand renfort d'avocats surpayés, le droit d'installer des caméras dans les maisons et en étaient venus à déterminer le profil individuel de consommation de chaque habitant économiquement profitable, cela dans le but explicite de répondre toujours mieux et de façon plus personnelle aux besoins de leurs clients. C'était leur façon de déceler le besoin avant même qu'il ne se forme dans l'esprit du consommateur, pour lui proposer un bien qui lui manquait, mais dont il ignorait encore la nécessité. Tous les citoyens étaient maintenant suivis perpétuellement par de vastes réseaux de sondage à encodage visuel, sauf bien sûr les SVE, les Sans-valeur-économique, que des revenus insuffisants pour satisfaire l'industrie ne rendaient pas dignes de profiter des bienfaits de la société d'abondance née du grand capitalisme.

Valentin, donc, avait d'abord trouvé refuge dans les profondeurs insondables de l'écran, devant lequel il pouvait normalement passer des heures à paresser, à découvrir avec une délectation toujours plus grande ce qu'il pourrait bien acheter aujourd'hui, ou ce qu'il pourrait bien donner aujourd'hui, car l'entreprise privée, loin de faire naître des sentiments égoïstes annoncés par les sociodémocrates alarmistes, avait propulsé la générosité interindividuelle à des sommets encore jamais égalés. Oui, les gens étaient devenus plus aimants, plus secourables, ils étaient devenus meilleurs. Et l'adage populaire *Dites-le avec des fleurs*, avait été démultiplié. Aujourd'hui, on disait *Je t'aime* en offrant des voitures, des maisons, des téléviseurs en couleur. Oui, les gens étaient devenus généreux, poussés par l'industrie. Car les gens généreux étaient aussi dépensiers, et en consommant toujours davantage, ils stimulaient l'économie. Oui, la bonté était devenue économiquement viable. Et on ne perdait plus de temps avec les mots. On donnait des preuves tangibles de son amour. On donnait des Rolex. On donnait des BMW. À droite et à gauche. Et à tout le monde. Sauf bien sûr aux Sans-valeur-économique. Car eux, ils se montraient réfractaires au changement. Ils refusaient de consommer. Ils refusaient de travailler. Ils faisaient obstacle au progrès. Alors, pourquoi être bon avec *eux*, qui refusaient d'être bons avec *nous*.

Heureusement, Valentin vivait dans une famille aimante. Et ses parents le gardaient bien de fréquenter des gens comme les Sans-valeur-économique. Il n'avait jamais à traverser leurs ghettos où pullulaient le crime et les pensées politiques subversives. Valentin avait plutôt ses lutins pour lui tenir compagnie. Et son écran. Et ses amis étaient tous de bons petits consommateurs comme lui. Qui faisaient galoper l'économie vers des sommets inégalés, tout en se couvrant mutuellement de cadeaux et de preuves d'amour emballées de papiers dorés. Oui, Valentin était heureux. Dans sa banlieue aux rues blanches et propres, et aux panneaux publicitaires électroniques géants.

Les lutins regardaient Valentin avec un air bienveillant. Ils s'étaient assis au bout du lit pendant que le petit garçon gardait les yeux braqués sur son écran mural. Transporté. Presque en transe. Devant une publicité de Honey Cristalz, la nouvelle sorte de céréale lancée le matin même. Oui, Valentin était heureux. Les yeux noyés d'images et le sang inondé d'agents actifs.

On frappa trois coups à sa porte. C'était sa mère. Valentin réalisa alors, en regardant son cadran fluorescent Ultrazark acheté la veille, que ça faisait déjà plus de trois heures qu'il était réveillé. Trois heures qui avaient semblé ne durer qu'une minute, tant les publicités, qui se succédaient maintenant à une vitesse folle, le captivaient. « Ton petit-déjeuner est prêt. Ce sont tes préférés. Des Honey Corns givrés ! » entendit-il simplement, avant d'écouter les pas de sa mère qui descendait les marches, lentement, très lentement. Elle éprouvait en effet parfois des douleurs à la poitrine, et une certaine fatigue musculaire. Certaines mauvaises langues disaient que c'était la faute de l'industrie biopharmaceutique. Mais c'étaient surtout les dires de SVE. Les études médicales commanditées par l'industrie avaient pourtant bien démontré que la réduction progressive de l'espérance de vie n'avait rien à voir avec la consommation abusive de médicaments. Oui, parfois, elle avait mal. Je veux dire, physiquement mal. Pas moralement. Mais ça, elle n'en parlait jamais à son petit garçon. Ça l'aurait rendu soucieux. Non, elle préférait plutôt le couvrir des nouveaux jouets et de vêtements à la mode, pour lui montrer qu'elle l'aimait. Et prendre deux ou trois cachets. Pour se soigner. Pour oublier. Non, confier ses soucis à quelqu'un, ce n'était certainement pas de l'amour.

Après s'être habillé du dernier vêtement à la mode – la mode, autrefois saisonnière, était maintenant devenue presque journalière, et la suivre, une activité qui accaparait les moindres petits instants d'une vie, un effort presque scientifique, rendu d'autant plus difficile par le dérèglement progressif du climat et l'effet de serre – il quitta sa chambre et son écran, suivi de ses petits lutins qu'il aimait tant et qui ne le quittaient jamais. Dans le couloir, il y avait une publicité gouvernementale qui passait sur l'écran. Valentin s'arrêta et la regarda longuement. Les publicités gouvernementales étaient devenues une chose très rare depuis la vague de déréglementation et de privatisation des secteurs publics. Le gouvernement lui-même, d'ailleurs, ne semblait plus servir à grand-chose, à part prononcer quelques sentences générales, assurer l'ordre public – malgré les agences de sécurité et de police privées de plus en plus nombreuses et efficaces – et, poussé par les *lobbies* des grands groupes industriels, fournir les conditions préalables et nécessaires à la bonne marche de l'économie de marché.

Mais Valentin, lui, ne s'en souciait guère. Il avait seulement été attiré par cette étrange bande-annonce qui ne le gavait pas d'images et de couleurs, ni de logos d'entreprise aux apparences féeriques. On voyait seulement un petit garçon – un petit garçon comme lui – qui marchait. Il portait des habits à la dernière mode. Comme lui. Il mâchait des pastilles Revercore aromatisées à la menthe. Comme lui. Il semblait heureux, mais faisait route dans un secteur désolé, sans doute un de ces quartiers mal famés du centre-ville, gorgés de ces HLM insalubres et de plus en plus privatisés, habités par les SVE. Justement, le petit garçon de la bande-annonce gouvernementale finissait par arriver devant un petit garçon SVE de son âge. Le petit SVE, l'air hagard et méchant, poussait ensuite le gentil petit garçon et lui volait son portefeuille. Le bon petit garçon se mettait alors à pleurer pendant que le petit voyou tentait de prendre la fuite. Heureusement, deux policiers étaient arrivés sur les entrefaites et l'un d'entre eux l'avait attrapé et s'était mis à le battre à grands coups de matraque pendant que l'autre policier rapportait son bien au gentil petit garçon et se tournait vers le téléspectateur, auquel il donnait la mise en garde suivante : « Surveillez vos enfants. Ils sont notre avenir. Et leur sécurité dépend d'abord de vous. » L'écran devint ensuite complètement noir – ce qui était au demeurant plutôt rare – et un petit texte s'y inscrivit en blanc, accompagné d'un minuscule logo que Valentin ne connaissait pas : Un message d'intérêt public du sous-ministère de la Sécurité collective. Puis un autre texte, tout en couleur, avec le logo du service Securivex, dont les représentants étaient venus le visiter à l'école : Mais si vous n'êtes pas là, Securivex veillera sur vous.

Décidément, le gouvernement avait une drôle de conception de la publicité. Il ne vendait rien, se contentait de conseils vagues et de slogans bizarres. Heureusement que Securivex avait été là pour l'aider un peu, et pour récupérer l'affaire. Valentin, qui était trop jeune pour comprendre des choses aussi complexes et aussi archaïques que le gouvernement, croyait quand même avoir raison d'être d'accord avec ses parents, qui faisaient partie d'un groupe politique défendant l'opinion de plus en plus répandue qu'il était temps d'en finir avec la vieille conception démocratique et de remplacer une fois pour toute l'État par un conseil des entreprises privées, beaucoup plus apte à défendre la population et cerner ses besoins véritables. De façon beaucoup moins bureaucratique et à des coûts moindres. Pourquoi tant vouloir être citoyen et ne pas se contenter simplement d'être consommateur ? Pourquoi tant vouloir payer des taxes englouties dans des projets inutiles, supposémment destinés à venir en aide aux Sans-valeur-économique ? Autant jeter son argent au feu.

Le magnifique chef-d'œuvre de marketing qui attendait Valentin sur l'écran derrière le miroir de la salle de bains eut tôt fait de lui faire oublier le gouvernement et toutes ses pustules socialisantes. On y voyait deux brosses à dents exécutant une danse animée au milieu d'explosions de couleurs variées, qui vantaient les mérites de la nouvelle brosse Superflex à rang double. La brosse à dents qu'utilisait Valentin ne lui en sembla que plus rugueuse et inadaptée. Ce n'était même pas une Superflex... Une idée germa alors en lui et fit son chemin dans son esprit encombré de lutins hallucinatoires. Il me faut une nouvelle brosse à dents. Celle-ci est devenue beaucoup trop vieille. Et comme pour s'assurer de ne pas oublier de respecter cette nouvelle résolution, il balança sa brosse à travers le petit auvent métallique à la droite du lavabo – et hop ! dans l'incinérateur – sans même prendre le temps de se brosser les dents complètement, de haut en bas.

Debout derrière la table de la cuisine, sa mère l'attendait, un grand sourire aux lèvres. « Ses dents pourraient être plus blanches, pensa-t-il, elle devrait peut-être s'acheter une nouvelle brosse à dents, elle aussi. Je crois que je lui en offrirai une. Elle le mérite bien. Et ça la rendra si heureuse. *Si heureuse.* » Son père, lui, était déjà parti. Valentin ne le voyait plus beaucoup. Deux ou trois fois par semaine, et pas longtemps. Il travaillait beaucoup. Et malgré l'institution de la semaine légale de soixante-dix heures pour augmenter la productivité – malgré les centaines de milliers de sans-emplois et de SVE ou de SUE (sans-utilité-économique) qui chaque jour envahissaient les rues, repoussant les limites des banlieues – son père, pour se payer à lui et sa famille tous ces petits luxes *essentiels,* devait encore ajouter à cela de nombreuses heures supplémentaires, pourtant payées temps double et parfois temps triple.

La mère de Valentin ouvrit alors la bouche et il en sortit une fraîche haleine matinale, au parfum de citron, de marque Flashmouth Fragrancy, une division de l'International Pharmaceutical. Mais Valentin ne remarqua pas cette fraîche odeur sauvage, déjà à nouveau captif du grand téléviseur mural de la cuisine. Il en venait presque à oublier ses lutins qui pâlissaient au rythme du taux de Revercore en chute libre dans son sang. « Voilà, dit-elle, ouvrant une nouvelle boîte de Honey Corns givrés – elle avait lu dans un magazine qu'il valait mieux jeter les boîtes, mêmes pleines, une fois ouverte, pour s'assurer de conserver le maximum de fraîcheur – tes préférés ! » Un souvenir coloré et télévisé resurgit alors inconsciemment dans l'esprit de Valentin et il piqua une colère, laissant presque les larmes lui monter aux yeux. « Non, maman, non, maman, je veux des Honey Criztal, je veux des Honey Criztal ! » Il se leva d'un bond, renversant son plat qui alla se fracasser sur le plancher, et se mit à sauter et crier.

Sa mère, désemparée, tenta de le calmer, lui disant qu'il n'y avait pas de problème, qu'elle allait lui en acheter tout de suite. *Tout de suite.* Elle lui donna gentiment un demi-comprimé Revercore, histoire de le faire patienter, et sortit, non sans en avaler un elle-même. Tranquillisée par le tranquillisant, elle eut même cette amusante pensée : « Mais qu'est-ce que ce sera quand il voudra avoir sa première voiture ? » et ne put s'empêcher de pousser un grand éclat de rire.

Alors Valentin se rassit et attendit sagement. Mais après deux ou trois bonnes minutes, il ne tenait plus en place. Même l'écran n'arrivait plus à le calmer. Il y avait trop de pensées qui se bousculaient dans sa tête. Et la surdose de Revercore, bien que devenue chose habituelle dans sa vie de petit garçon, n'améliorait en rien la situation. Il suivit donc un de ses petits lutins imaginaires qui s'était enfui au-dehors en traversant un mur, mais passa par la porte, car Valentin savait bien qu'il n'était pas un petit lutin et ne pouvait pas traverser les murs à sa guise.

Dehors. Les immenses panneaux publicitaires s'étendaient le long de toutes les rues, relevant leur panache jusqu'au ciel. Ces panneaux devaient être changés deux fois par jour et cette unique tâche garantissait le maintien de plus de quatre-vingt mille emplois, et ce pour la seule région métropolitaine. C'était ainsi que marchait le capitalisme de marché, la production de masse et la commercialisation à grande échelle, et ce n'était certainement pas lui, Valentin, petit garçon heureux issu d'une famille consommatrice exemplaire, qui allait s'en plaindre.

Valentin se mit donc à gambader quelques instants parmi les grosses voitures de luxe qui encombraient les rues, cherchant toujours à aller plus vite même si leurs conducteurs gardaient les yeux braqués sur les affiches hypnotisantes. Valentin, donc, gambada jusque chez son ami et camarade de classe Éric, que ses parents avaient eux aussi inscrit à l'école primaire privée ultra-dispendieuse que fréquentait Valentin et qui étaient réservée à la haute-bourgeoisie d'entreprise, une école où on apprenait vite tous les rudiments des sciences et de la technologie, et de l'esprit d'entreprise, si cher à la doctrine capitaliste, qui assurait un avenir glorieux et heureux.

Oui, Valentin choisit d'aller visiter son ami Éric. Et c'était parce que c'était un bon petit garçon. Et comme tout bon petit garçon, il avait choisi de marcher vers le haut de la colline où resplendissaient les vastes demeures des classes supérieures, et non vers la basse-ville perdue dans l'obscurité et peuplée de Sans-valeur-économique, là où même les panneaux publicitaires géants se faisaient de moins en moins nombreux.

Éric était un petit garçon gentil. Le genre de petit garçon gentil qui a toujours la dernière marque de céréale sur sa table au déjeuner et qui a toujours le dernier jeu vidéo pour s'amuser avec ses amis, auxquels il offre spontanément une Rolex en guise de bienvenue.

Ce matin-là, Éric recevait plusieurs amis, et ce n'est pas sans excitation que Valentin s'avança dans son allée aux larges colonnes corinthiennes se demandant quelle serait sa dernière trouvaille. Un autre petit garçon, tout aussi pressé que lui, l'accrocha par le bras en traversant l'allée à toute vitesse. Surpris par cette attitude cavalière, Valentin lui demanda ce qui le poussait à courir ainsi. Était-ce un nouveau jeu vidéo ? Une nouvelle montre ? Une voiture ? Qu'est-ce qu'Éric *pouvait bien avoir acheté de si intéressant ce matin-là* ? « Un SVE, Éric s'est acheté un SVE ! »

Un SVE ? Un SVE ! Valentin en tremblait déjà d'excitation. Il n'en avait jamais vu. Jamais vu un vrai, en tout cas. Mis à part ces postiches des publicités gouvernementales d'intérêt public. Un SVE ! C'était encore plus amusant qu'un chien. Peut-être même encore plus amusant qu'un hippopotame. Non... quand même pas plus amusant qu'un hippopotame. L'autre petit garçon avait déjà disparu. Pressé de voir l'hippopotame. Eh, non ! Le SVE.

Éric était assis dans sa cuisine, au milieu de l'immense écran circulaire capable de présenter huit messages publicitaires différents en simultanée. Et pas des petits messages gouvernementaux, tous fades et sans couleurs. Mais des annonces colorées, de format géant, avec plein de musiques et de chansons. Éric mangeait un grand bol de Honey Criztal et en distribuait à pleines mains à tous ses amis qui l'entouraient, mais Valentin était déçu. Il ne voyait aucun SVE. dans la pièce. Hésitant, et se demandant si l'autre garçon ne lui avait pas tout simplement joué un tour, il bégaya faiblement ces quelques mots : « Et le... le SVE ? »

Éric lui répondit par un sourire. « Mais voyons, voyons, tu es bien pressé ! Prends un bol de Honey Criztal et écoute deux ou trois messages publicitaires avec nous. Tu le verras bien assez tôt, le SVE. Pour l'instant, il se repose un peu dans l'autre pièce. Allez, allez, et prends cette Rolex. C'est un cadeau, Valentin, parce que je t'aime bien. » Le SVE, il allait voir le

SVE ! Il regarda la Rolex et la trouva très belle. C'était un de ces nouveaux modèles qui faisaient défiler un slogan publicitaire au bas de son cadran à toutes les minutes. Il y en avait à l'infini. Valentin aurait pu s'y noyer.

Une sonnerie, qui surprit tout le monde, le sortit brusquement de ses réflexions. C'était le téléphone-cellulaire-dernier-cri-que-ses-parents-lui-avaient-offert-trois-jours-auparavant-parce-qu'il-avait-eu-un-devoir-bien-noté qui sonnait faux. C'était sa maman. La maman de Valentin. Elle lui dit qu'elle s'était inquiètée de ne pas le trouver à son retour. De découvrir qu'il était parti sans laisser de message. Elle qui avait fait tout ce chemin pour lui acheter ses céréales et, il est vrai, quelques autres gadgets utiles pour elle et la famille, qui étaient d'ailleurs en solde. Elle lui dit qu'elle avait eu peur, qu'il aurait pu s'égarer dans des quartiers dangereux, peuplés de méchants vilains SVE – elle avait sans doute vu la publicité gouvernementale, elle aussi… – et qu'elle avait dû avaler encore un autre cachet pour se détendre, que son estomac n'avait pas tenu, qu'elle avait fait un beau dégât, et que maintenant il allait lui falloir nettoyer tout cela. Ou appeler quelqu'un en mesure de le faire.

Valentin lui répondit sèchement : « As-tu acheté des brosses à dents ?

— Non, je…

— Je vais bien. Aujourd'hui je n'ai pas d'école. Je rentrerai ce soir, *ciao !* »

Et il raccrocha. Il n'avait pas été très gentil avec sa mère, mais il savait bien qu'elle reprendrait un ou deux cachets, qu'elle irait s'étendre quelques heures et que tout irait mieux. Et puis, il lui achèterait une brosse à dents, et elle oublierait tout. Ça lui faisait tellement plaisir. De recevoir des cadeaux.

« Bon, ben, t'as fini ? »

C'était Éric, qui attendait après Valentin et commençait à s'impatienter.

« Alors, vous venez ? Le SVE est dans l'autre pièce. »

Et la file des enfants riches et bien vêtus s'aligna et glissa vers le salon, pour y découvrir *la créature*.

Il se tenait là. Au milieu de la pièce illuminée par le vide des écrans à cristaux liquides qui couvraient tous les murs garnis de boiseries ouvragées, mais qui, en cela, n'était guère différente de toutes les autres pièces de toutes les autres maisons huppées du quartier. Car avant même de vendre du contenu, la Société s'intéressait d'abord à vendre du contenant. Le SVE, recroquevillé dans un fauteuil, tremblotait, mais en voyant arriver le peuple des enfants, il se redressa, dévoilant une forme de fierté, presque instinctive, qui n'avait pourtant rien à voir avec son dénuement économique.

Les enfants avaient peur. De l'inconnu. Ils reculèrent. Sauf Éric, qui restait bien droit. Et Valentin, qui le fixait droit dans les yeux, surpris de voir sous ces haillons un jeune garçon qui leur ressemblait, à lui et aux autres. Valentin s'enhardit, s'approchant même à quelques pas de lui, et un éclair passa dans les yeux du SVE. Il avait dû voir sa Rolex…

QUATRE

LA COUR PRINCIPALE
DEVANT LE SÉNATORIUM

La cour avait des murs blancs aux reflets d'absolu. Mais ils projetaient une image déformée de la réalité. Aussi, Slobovitch et les autres candidats s'en étaient approchés avec étonnement, et ils ne purent en détacher leur regard pendant plusieurs heures. Ils y voyaient quelque chose qu'ils n'avaient encore jamais connu. Mais qui était pourtant d'une suprême importance. De sorte que quand une voix douce et profonde les réveilla de leur envoûtement et les appela à se regrouper en cercle au centre de la cour, maintenant entièrement obscurcie par l'ombre du Sénatorium, ils se sentirent comme apaisés, et obéirent à la voix sans résistance. Elle était si tranquille. Comme celle d'un petit canari qui serait mort de faim dans sa cage parce que quelqu'un l'aurait oublié là pendant trois mois avant de fuir la ville qui croulait sous les bombes. Des choses comme ça n'arrivaient jamais dans le pays de Slobovitch. Parce qu'il était situé beaucoup trop au nord. Ici, il n'y en avait pas. De canaris.

Les gens s'étaient rassemblés au centre de la cour, et la voix préenregistrée avait entonné un hymne. Slobovitch et tous les autres s'étaient levés d'un même mouvement, puis n'avaient plus formé qu'un seul être. Dans le monde à l'extérieur du Sénatorium, une telle communion des êtres, bien que cautionnée par l'État, n'avait jamais été que théorique. Ici, elle se réalisait vraiment, et dans toute son ampleur. Slobovitch n'était plus simplement Slobovitch, il était aussi tous les autres, et tous les autres étaient lui-même. Il comprit alors davantage les paroles du sous-ministre qui l'avaient d'abord rebuté – sans doute un mécanisme de défense instinctif – et sut que de son cheminement intérieur, il n'effleurait que le commencement. Les murs épuisants de blancheur n'en constituaient que les prémices. C'est alors que la voix se tut. Et que Slobovitch réintégra son propre corps. Il savait dorénavant exactement où il devait aller, et partit, parmi tous les autres, s'étendre dans la poussière. Et s'endormit paisiblement d'un doux sommeil à l'ombre du béton et des brumes blanches émanant des murailles qui s'étaient mises à respirer. Ce soir-là, il fit un rêve.

Le songe avait fait naître en lui une culpabilité horrible et brune. Sans doute un soubresaut de conscience le rattachant encore à l'ancien monde. Ça, il n'en savait encore rien. Il savait seulement qu'il s'appelait Igor Oswald René Slobovitch et qu'il avait fait un rêve étrange, étendu seul au pied des murs blancs, qui étaient devenus maintenant parfaitement translucides. Il pensa alors que les murs s'étaient peut-être simplement évaporés en lui, ce qui aurait pu contribuer à expliquer de bien nombreuses choses. Il savait surtout qu'il ne devait pas chercher à comprendre, il ne devait pas arrêter la progression de son esprit, comme le lui avait confié l'ange technocrate de l'autre matin.

Aussi, quand il remarqua une petite marque à l'avant de son bras, et pensa qu'on l'avait drogué, il ne s'en formalisa guère davantage. Et s'appliqua plutôt à écouter la voix, qui avait recommencé à l'appeler. Autour de lui, la plupart des candidats s'étaient levés et retournaient vers le centre de la cour. Mais quatre ou cinq d'entre eux semblaient vouloir se vautrer dans l'immobilisme malgré l'incessant chant de l'aérienne *sirène* électronique. Des hommes entièrement habillés de blanc les mirent sur des civières et les entraînèrent à l'extérieur. Vers l'apaisante douceur du Suprême-Grand-Incinérateur. Ils n'avaient pas survécu à la première épreuve. Ils n'accéderaient donc pas à un niveau d'existence supérieur, condamnés qu'ils étaient à une mort ordinaire. Mais cette inégalité des destins, qui l'aurait peut-être rebuté la veille, il la trouvait maintenant des plus normales. Et des plus honorables. Devenait-il un bon capitaliste de marché ? De toute façon, il n'avait pas le temps de se questionner sur des domaines idéologiques aux embruns aussi peu métaphysiques. Il rejoignit donc les autres au centre de la cour et laissa les civières courir vers leur destinée.

Là, assis au milieu de la poussière, il se tint tranquille et attendit, bercé par le souvenir de la voix qui s'était maintenant tue.

À son réveil, il réalisa qu'il s'était à nouveau assoupi. Ce qui était fort inhabituel chez lui. Auparavant, lui semblait-il, il était toujours en attente, mais ne dormait jamais. Et restait en permanence privé d'un sommeil réparateur qu'il aurait pourtant véritablement voulu connaître. Un arrosoir d'argent était posé au milieu du groupe, où tous étaient encore assoupis et ronflaient à l'unisson. Slobovitch conclut qu'il était de son devoir de s'en emparer – dans le plus grand intérêt de tous – et il en répandit maladroitement le contenu au très exact centre de leur si particulière assemblée.

Un fonctionnaire se mit à pousser comme une plante, et sortit entièrement du sol. Il tenait une petite liste et un stylo, ce qui fit remarquer à Slobovitch que son attaché-case était demeuré dans la voiture, peut-être encore en compagnie du chauffeur sourd, devenu depuis muet, de n'avoir pas assez communiqué. Le fonctionnaire appela un premier candidat – tous étant maintenant réveillés – puis un second, et encore un autre. À chacun, il tendit un numéro. Ce petit groupe partit alors en direction de la salle Orange, et disparut dans les ténèbres du Sénatorium.

Finalement, après plus d'une demi-heure d'attente, quand fut formé le cinquième groupe, Slobovitch se vit lui aussi attribuer un petit papier, sur lequel était inscrit le numéro 28-51-69. Il joignit donc son groupe et passa la large porte illuminée de néons de la distincte et distinguée gare-hôpital.

CINQ

LA SALLE D'ATTENTE ROUGE

Slobovitch eut ensuite le contrariant privilège d'aller prendre place dans une salle à l'éclairage dissonant mais tamisé, auprès de ses congénères. Là, à nouveau, il attendit. Puis finalement, après une petite longue semaine – il commençait à avoir faim et soif, mais avait déjà dans sa courte vie vécu bien pire – il fut appelé. Et se dirigea vers le préposé principal. Son regard croisa alors celui, à demi voilé, de l'infortuné 53-41-92.

Le 53-41-92 gisait là dans un coin. Il vivait en parfaite symbiose avec la chaise orthopédique sur laquelle il était assis. Il en était devenu une extension. Et vivait avec la structure métalloïde, qui sculptait déjà son dos depuis une cinquantaine de jours, une relation spirituelle et privilégiée. Lui et le meuble ne formaient plus qu'un et dépendaient inexorablement l'un de l'autre. Et si cette chose avait pu penser, cela aurait presque pu être de l'amour. Mais comme ce n'était pas le cas, cela restait de la médecine préventive subventionnée. Au moins, maintenant, il ne se sentait plus tout à fait seul, dans la salle aux murs longs et lisses, entouré de la foule des *Appelés*. Ceux qu'on n'appelait jamais.

Le cœur de l'infortuné 53-41-92 se laissait bercer par la léthargie de la musique d'ascenseur qui semblait provenir des murs dont les ondulations, comme un brouillard, anesthésiaient son esprit. Les instruments nouvel-âgeux qui dénaturaient les grandes symphonies ne l'intimidaient pas. Ils le calmaient, le laissant plongé en permanence dans ce sentiment de lassitude qui avait remplacé les airs torturés des compositeurs, morts et enterrés depuis nombre de siècles. Pourtant l'ascenseur était en panne depuis près de trois mois. Comment pouvait-on alors expliquer la présence de la musique ? Et puis, en plus, il fallait monter les neuf étages à pied. Mais l'ascenseur avait-il jamais existé ? Lui, l'infortuné, ne l'avait jamais pris. Peut-être n'était-ce là qu'un autre leurre pour entretenir un vil espoir. L'espoir de ne plus avoir à monter ces interminables escaliers emplis des cris des psychiatrisés. L'espoir de se voir un jour appelé. L'espoir de se laisser assassiner une fois pour toutes par une symphonie lancinante, mais qui pourtant s'y refusait.

Le 53-41-92 était dans la salle rouge, et les murs, bien que craquelés et usés par le temps, étaient peints en conséquence. Il avait traversé en tout vingt-sept salles depuis son entrée dans le Sénatorium. Un de ses amis y avait été enfermé par erreur, et il avait voulu le visiter pour y comprendre quelque chose. Mais n'entrait pas au Sénatorium qui veut. Il fallait passer par des contrôles. Contrôle physique. Mathématique. Psychologique. Physio-sociologique. Endocrino-laryngologique. Monarchique. Dialectique. Ou républicain. Et la liste en était encore longue. Et fort innommable. Le 53-41-92 avait pourtant accepté de se soumettre à tous ces contrôles humiliants, exercés par des bureaucrates frustrés et sans expérience, malgré des kilomètres d'années des plus déloyaux services. Cela n'avait encore rien donné. Il lui restait encore à traverser les murs octogonaux de la salle rouge. Et de la salle rouge, personne n'était sorti. Du moins par une autre porte que celle qui conduisait pour de bon chez les fous. Car si la technocratie sénatoriale rendait inextricable l'entrée des sains chez les malades, elle facilitait au plus haut point l'entrée des sains qu'elle avait su rendre malades.

Cela faisait maintenant sept semaines que le 53-41-92 avait élu domicile sur la chaise thérapeutique et, dans son attente des procédures constituantes, il en était devenu l'esclave et le cobaye. À cela s'ajoutaient, bien sûr, les innombrables mois passés aux attentes et contrôles des cycles inférieurs. Les journées à se lever à cinq heures du matin pour prendre le premier train qui avait toujours dix minutes de retard, mais qui arrivait fatalement à l'heure s'il décidait de se lever dix minutes plus tard. Les supplications devant des fonctionnaires qui le regardaient de haut et ne le considéraient que comme un amalgame de chiffres, au point que lui-même en était venu à s'identifier à un numéro. Au fait, quel pouvait bien être son nom ? Le matricule 53-41-92 paraissait déjà lui suffire.

Et puis était venu la salle rouge. Et avec la salle rouge, était venu l'attente. Et avec l'attente, était venu l'ennui. Étrangement accompagné du besoin de rester là. Parce qu'il avait déjà franchi toutes ces étapes, accompli tout ce travail d'autodéstabilisation. Parce que maintenant il y était presque. Ce ne pourrait plus être long. Et parce qu'il savait très bien qu'au moindre moment d'inattention, tout serait à recommencer. Parce qu'il aurait manqué sa chance.

Au début, il avait haï les fonctionnaires. Puis il s'était moqué d'eux, les réduisant aux écrous d'un système qui ne tenait plus, mais il avait fini par les aimer. Oh ! pas autant que la chaise orthopédique avec laquelle il partageait maintenant tous ses moments d'intimité. Non, ça c'était différent. Par contre, les technocrates, il avait fini par les admirer. Et par un mimétisme étrange, il avait voulu leur ressembler. Ils semblaient savoir se limiter à un champ très étroit, et maîtriser ce champ au point d'y devenir invincible et d'en détenir un contrôle véritablement absolu. Il y avait, par exemple, le responsable aux Extensions sanitaires. Il savait toujours très exactement où se trouvait la clé des toilettes. C'était là tout son travail. Mais quel travail ! Et il profitait pleinement de ce privilège. Il fallait que chacun le supplie quand un besoin pressant le prenait. Il fallait se mettre à genoux. Il croyait alors avoir gagné du respect. Ce n'était pas le respect qui guidait ces supplications, mais la peur. La peur du ridicule.

Un jour, le 53-41-92 avait tenté de chercher la clé lui-même. Cela lui avait paru durer des heures, et il n'avait rencontré aucun succès. Mais pire encore, tout le syndicat des fonctionnaires avait, semble-t-il, saisi son manège. Et depuis ce jour, il s'était fait couvrir de quolibets. C'était là qu'on avait commencé à l'appeler le C.Q.C.L.C.M.N.L.T.P. C'était une insulte de fonctionnaire, en langage de fonctionnaire, mais ça lui touchait quand même le cœur comme une langue.

Quand on avait appelé le numéro 21-34-56, il avait commencé à regarder l'heure. Ça faisait déjà plus de huit jours qu'il attendait sans bouger. Sans espoir et sans penser. Mais il dut se rendre à l'évidence qu'il y avait un problème majeur. Il n'y avait aucune horloge. Le gouvernement central avait fait des coupures, et s'était résolu à les vendre à l'encan. Quand on appela le numéro 43-12-65, il prit quelques pilules pour se calmer les nerfs, et son problème trouva une solution. Grâce au mélange des drogues, de l'attente et de la faim, et aussi peut-être à quelque phénomène encore inexpliqué, ou peut-être inexplicable, il commença à voir une horloge, et même plusieurs. C'était bien sûr une hallucination, un effet secondaire, mais il s'avéra que ces horloges fonctionnaient quand même très très bien. Il put ainsi meubler son attente à loisir, en connaissant précisément l'heure de Pékin, l'heure de Rio, et celle du Sénatorium, qui possédait pour lui seul son propre fuseau horaire. Oui, à Rio, en ce moment, il devait faire terriblement beau. Il y faisait toujours terriblement beau. Peut-être parce qu'il n'y était encore jamais allé. Et qu'ici au Sénatorium, il n'y avait que des néons.

Au numéro 49-46-86, il commença à converser en polonais avec son attaché-case. La situation était d'autant plus loufoque et embarrassante qu'il ne parlait pas polonais et n'avait jamais eu d'attaché-case. Toujours est-il qu'aucun fonctionnaire n'entreprit les démarches nécessaires et socialement utiles pour le faire enfermer. Il n'avait pas rempli correctement la ligne du formulaire 340-b qui portait précisément sur cette situation particulière. Il s'était contenté d'y tracer un gros X. Et en plus, ce n'était pas un très beau X.

Après le numéro 53-41-91, le radiophone s'arrêta dans un dernier soupir d'agonie. Le 53-41-92 en fut tout intrigué, mais ne songea pas à réagir violemment. La litanie aseptisée avait eu finalement raison de ses primitifs instincts de conservation. Ou peut-être était-ce la conversation avec son attaché-case. Intrigué, le 53-41-92 entreprit quand même de se lever, brisant pour de bon l'osmose vitale avec la chaise de laquelle il ne s'était plus levé depuis sept semaines. Il s'en sortit pourtant sans grand mal, et laissa derrière lui l'objet, qui se retrouva à nouveau inanimé. Le 53-41-92 traversa toute la salle d'attente, encensé par les regards intrigués, mais non moins accusateurs, des non-encore-appelés-mais-toujours-en-attente. On n'avait pas encore appelé son numéro. Il commettait donc une haute trahison envers tous les non-encore-appelés, qui ne savaient faire autre chose que de respecter les lois et les règles de la politesse bureaucrate.

Derrière la vitre de l'Office des réclamations, auquel il lui semblait qu'il aurait dû être appelé, se tenait un squelette dont les os blanchis et distordus cachaient un traitement orthopédique soutenu et une mort prématurée. Ci-gisait le fonctionnaire chargé de faire les appels, mort de sa belle mort et de ne pas avoir été remplacé. Le 53-41-92 resta un instant paralysé, immobile et perplexe. Puis il recula lentement vers la chaise orthopédique et s'y rassit, les yeux perdus dans un océan de vide. Alors, une présence inconnue sauta sur lui, s'agrippa à son cou et l'étrangla, le laissant pour mort sur le sol. Elle ne toucha ni à son portefeuille, ni à son attaché-case, ni à ses autres affaires – il avait pourtant une si belle montre. Elle se contenta de lui voler son numéro. Cet individu dépourvu de toute pitié, cet être sans vergogne, c'était *vous*.

SIX

LA CELLULE CAPITONNÉE

Slobovitch, quant à lui, continua son périple sans se préoccuper plus avant de ces événements, et dans un tout autre ordre des choses. Il est d'ailleurs à noter qu'il eut tout le loisir de vivre une vie heureuse et bien remplie, et même d'être très joliment enterré – avec grande classe – avant que le 53-41-92 ne vît son numéro appelé, et qu'un certain décalage temporel existe entre l'existence bien relative de Slobovitch et l'anecdote que nous venons de vous raconter.

Donc, Slobovitch se fit, comme tout juste nous le disions, servir aimablement par le non moins aimable préposé – toujours bien vivant et jovial à l'époque – et fut envoyé en isolement, comme c'était tout indiqué à son niveau de progression. On lui désigna un ascenseur, qu'il prit sans manifester la moindre opposition pour aller s'installer dans ses quartiers d'isolation. Et, la porte refermée derrière lui, il se retrouva complètement seul dans une chambre capitonnée, bien évidemment sans fenêtre, et ne put s'empêcher d'éprouver une certaine crainte, malgré les conseils préalables de ses bienheureux et omniscients médecins.

Or, la situation de Slobovitch était loin d'être pénible. Le destin qu'il était amené à connaître serait en effet bien meilleur que celui qui attendait l'homme que le hasard avait emmené dans l'amphithéâtre voisin. Car, si tous étaient théoriquement égaux sur l'Île, certains étaient plus chanceux que d'autres dans le partage des assignations qu'ils recevaient du gouvernement central. En effet, devant une foule d'étudiants, de médecins et de fonctionnaires de la meilleure espèce, on allait assister à une spectaculaire opération.

Si les visées de celle-ci peuvent sembler quelque peu cruelles et inégalitaires à certains, qu'ils sachent bien que les pratiques de l'Île étaient étonnamment généreuses et désintéressées par rapport aux affrontements technocapitalistes qui régnaient sur le Continent. Gardez-vous bien de juger l'histoire de ce jeune homme bien portant, qui figure maintenant attaché à une table en attente de son destin, et dont les états d'âme des derniers jours, peut-être rédigés, voire réécrits, dans quelque calepin, vous seront ici contés d'une manière assez vivante, et à la première personne du singulier.

J'ai été désigné. Ils avaient une longue liste, avec des milliers et des milliers de noms, mais c'est moi qu'ils ont choisi. Je n'ai pourtant rien d'extraordinaire. Cela me fait peur. Les autres disent que je devrais être heureux, que je devrais être fier d'avoir été choisi parmi tant et tant de candidats. Ils disent aussi que c'est une chance unique, et qui ne se représentera pas. Mais ça ne m'empêche quand même pas d'avoir peur.

Ils sont venus me chercher, alors que j'étais encore allongé dans la semi-obscurité de ma chambre. Je dis que j'étais allongé et non pas que je dormais, parce que je n'arrive plus à trouver le sommeil depuis ce jour terrible où ils m'ont choisi.

Quand je suis sorti de chez moi, escorté par de nombreux hommes armés, toutes les caméras de la télévision se sont pointées sur moi, plongeant d'une infinité de directions. Aveuglé, j'étais entouré d'une foule de personnalités connues qui se sont empressées de me serrer la main et de me féliciter pour la noblesse de mon courage. Il y avait même deux ou trois ministres parmi eux. Mais moi, je saisis mal encore pourquoi on m'a choisi, et toute cette gloire nouvelle qui semble émaner de moi ne suffit pas à effacer ma profonde crainte face à ce qui m'attend.

Ils m'ont installé dans une très belle chambre au faîte du plus chic hôtel de la ville. Je suis très content car les murs sont couverts de tapisserie et moi, j'aimerais bien avoir comme ça un peu de tapisserie sur les murs de ma chambre, mais ça coûte cher, vous comprenez. Le policier qui surveille la porte de ma chambre – ils sont d'ailleurs nombreux à patrouiller l'hôtel à cause de moi, je pense – m'a dit en riant qu'avec la prime que m'offre le gouvernement, je pourrai acheter toute la tapisserie que je veux. J'espère que c'est vrai. Que ce n'est pas une autre blague. Car le policier est un farceur. En tout cas, pour l'instant, j'ai moins peur et j'ai recommencé à dormir. Je rêve à de la tapisserie !

Ça y est. Il n'y en a plus pour longtemps. Je suis dans une limousine blindée, en compagnie du président, et nous nous dirigeons vers notre « point de chute ». C'est ce que le chauffeur de la limousine a dit au président quand il est monté dans la voiture. Le président est vraiment un homme bien. Il m'a même offert un cigare et de l'alcool. Quand je lui ai dit que je ne buvais pas et que je ne fumais pas, il a souri et m'a dit : « C'est très bien ça. Vous êtes vraiment un homme en excellente santé. Ce sera donc parfait ! » Et je lui ai répondu que oui, j'étais un homme en bonne santé et que c'est pour ça qu'on m'avait choisi et que j'aurais une prime pour m'acheter plein de tapisseries, et…, et… Sans se départir de son sourire électoral, le président m'a fait signe de me taire – mais toujours très poliment – et nous avons poursuivi notre route en silence. Vraiment, quel être sympathique ! Je comprends pourquoi il est notre président.

Nous sommes arrivés à l'hôpital, notre « point de chute »… Habituellement, je n'aime pas les hôpitaux, mais celui-ci est différent, parce qu'il est en partie sous terre et qu'il est tout blanc. Cela le rend très amusant et il y a plein d'ascenseurs. Moi, j'aimerais bien faire des tours d'ascenseur, mais le président m'a dit que non, je dois me reposer d'abord parce que la journée de demain va être très éprouvante. Maintenant, je fais des rêves d'ascenseurs, qui sont plein de tapisserie.

Le premier médecin du pays est arrivé aujourd'hui par avion. Il m'a fait visiter la salle d'opération. Elle est pourvue des équipements les plus modernes. En tout cas, c'est ce qu'il affirme, moi je ne suis pas médecin. L'opération aura lieu demain. Je n'en ai plus vraiment peur, mais je me demande encore pourquoi c'est moi qu'on a choisi. Le président et le médecin disent que je suis une personne « jeune, parfaitement proportionnée et fonctionnelle ». Moi, je ne les comprends pas trop. C'est la première fois qu'on ne me dit pas que je suis une personne simple.

Je me suis réveillé de bonne heure ce matin, mû par une excitation étrange, presque inquiétante. C'est peut-être à cause de l'opération que j'appréhende. Ou de toutes ces vitamines et de ces hormones que mes docteurs – oui, maintenant ils sont plusieurs – m'ont fait prendre hier, dans le dessein de « préparer mon corps à l'opération ». Oui, c'est bien aujourd'hui le grand jour.

Le président est radieux. Il n'a pas du tout l'air d'avoir le cancer des os. Mais ça, je ne dois le dire à personne. Le premier médecin m'a affirmé que peu de monde était au courant, et que diffuser la nouvelle créerait un trop grand courant de panique. Pauvre président malade. Il paraît que je vais pouvoir l'aider.

Je suis sur la table d'opération et je commence à somnoler à cause des calmants qu'on m'a administrés. Les infirmiers ont dessiné d'étranges lignes au feutre rouge tout autour de mon crâne. Je ne comprends toujours pas pourquoi on m'a choisi, moi, pour sauver le président. Je ne suis après tout qu'un homme *ordinaire*, et même peut-être un peu lent. Mais le président, étendu lui aussi, sur le lit à côté de moi, semble content. Au fond, c'est bien tout ce qui compte. De toute façon, je comprendrai mieux après la transplantation. Je serai alors un homme nouveau. C'est le docteur qui me l'a dit. Toujours avec le même sourire énigmatique. Ce doit être nerveux. Mes yeux se ferment très tranquillement et je crois entendre une douce musique qui me berce.

C'est une musique d'ascenseur, et puis de tapisserie.

Destin cruel, s'il en est un, que celui de ce petit agglomérat de chair et de particules dont nous préférons taire le nom, mais qui n'empêchera pas l'Administration centrale, malgré tout bienveillante, de mener Slobovitch pas à pas vers l'absolu, et de lui permettre de devenir un héros…

Le coin supérieur droit de sa cellule regardait Slobovitch fixement. Il semblait vouloir noyer de son venin corrosif les derniers mécanismes de défense qui restaient ancrés au plus profond de Slobovitch et protégeaient encore ce qu'il aurait voulu appeler son âme mais qu'il savait n'être en réalité qu'une chimère philosophico-théologique, hautement intériorisée par une éducation consommatoire et la propagande religieuse et télévisuelle. Oui, rétrospectivement, il pouvait quand même dire qu'il avait eu une enfance heureuse. D'autant qu'il n'en gardait aucun souvenir. Pour l'instant, seule l'obsessive présence du coin hantait la maigreur étouffante de ses pensées. Il laissait son esprit errer entre les quatre murs de la pièce nue, gardant toujours un œil sur le coin qui le menaçait. Son activité synaptique était irrégulière, et semblait aller en s'accélérant, du moins au dire des immenses écrans témoins qui avaient coûté très cher aux contribuables, mais qu'il ne distinguait pas, puisqu'ils se trouvaient dans une autre salle, au cœur même du

Sénatorium. Il était seul dans la pièce, qui n'avait pas de fenêtres. Il ne pouvait dire si c'était le jour ou la nuit, ni comment il était arrivé là. Tout ce qu'il savait, c'est que les murs, beaucoup plus éloignés au début, semblaient être en train de se rapprocher. Mais c'était peut-être à cause des drogues. Ou un simple effet d'optique. Il avait toujours voulu être opticien. Mais c'était il y a longtemps. Aussi se contentait-il de dévisager le coin du plafond avec sueur et mépris. Car il se savait lui-même observé. Il avait dû rester immobile ainsi des heures. Mais il tiendrait le coup. Il le devait.

Autrefois, on avait coutume d'installer des caméras dans le coin supérieur droit des salles d'observation. Mais avec le temps, on avait fini par comprendre que cette précaution était inutile, car avec la médecine psycho-légale, c'était maintenant le coin qui observait.

Slobovitch ne put pousser plus loin ses réflexions, ou, du moins, il ne le voulut pas, car le coin se manifesta à nouveau. Cette fois il tentait, semble-t-il, d'hypnotiser le pauvre citoyen de l'Île abandonné et confiné à sa cellule. Slobovitch en fut fort aise, et se laissa entraîner dans cette nouvelle expérience surréelle sans opposer la moindre résistance. Tout pour passer le temps qu'il nous reste…

Doucement, vous vous endormez. Doucement, vous tombez dans l'oubli du souvenir. Et vous laissez ma volonté s'imposer à la vôtre. Le coin avait maintenant pris une voix langoureuse et douce et Slobovitch se laissait tranquillement emporté vers le silence. Vous fermez les yeux. Vos paupières deviennent lourdes. Et maintenant, vous les rouvrez. Vous vous trouvez dans un tout autre espace. Autour de vous s'étend une vaste plaine ensoleillée. Au milieu de cette plaine se dresse une jolie maison, remarquable par son nombre étonnant d'étages. Vous vous approchez de la maison, mais elle n'a pas de porte. Seulement une longue échelle qui vous mènera à une fenêtre. Vous montez. Vous cassez un carreau, et vous entrez. Surtout sans faire de bruit…

Bienvenue dans la maison des arts. D'abondants trésors du savoir-faire humain vous y attendent. Vous êtes à l'*étage 10*. Désolé, mais vous ne pouvez y pénétrer maintenant. Une grille en bloque l'entrée. Vous n'êtes pas encore prêt. Prenez l'ascenseur et descendez. Nous vous conseillons l'ascenseur de jade. Il embaume une odeur d'eucalyptus et des chants d'oiseaux s'y mêlent au silence. *Étage 9, le salon de musique.* Un chant indéfinissable vous recouvre, se mêlant à celui de milliers d'instruments de musique. Vous vous laissez enivrer. Vous vous sentez heureux. Mais vous devez poursuivre votre descente. Reprenez donc l'ascenseur de jade. Vous le trouvez si agréable. Le temps semble s'y arrêter. Tiens, vous êtes déjà à l'*étage 8, la chambre aux images.* Des milliers de toiles et de dessins d'une qualité exemplaire couvrent les murs. À chaque pas, l'éclat du soleil, qui surgit des nombreuses ouvertures pratiquées dans les murs, en fait varier merveilleusement les tons. Vous êtes au comble de la satisfaction. Un doute vous trouble cependant, insaisissable. Que peut bien contenir cet intrigant *étage 10* ? Mais vous n'êtes pas encore prêt. Et d'ailleurs, vous le saurez bien assez tôt. Allez, il est temps de retourner à l'ascenseur. Quoi ? la couleur du jade vous plaît déjà moins ? C'est normal, l'art se vide vite de son effet et perd de son emprise sur vous. Mais ne vous en faites pas. Il y a d'autres ascenseurs. Il y en a beaucoup d'autres. Choisissez. L'ascenseur d'ivoire ? Très bon choix. Le blanc est d'ailleurs une couleur qui vous va très bien. Vous êtes maintenent à l'*étage 7, l'emporium du cinématographe.* Quelle belle invention, n'est-ce pas ? Vous pourriez en jouir pendant des heures. Vous laisser submerger complètement par le son et les images. Vous pourriez même revoir tous les plus grands classiques de toutes les époques, présentes, passées et futures. Mais vous n'avez pas le temps. Vous êtes pressé. Il reste encore plusieurs étages. Et si vous voulez tout voir, vous n'avez pas de temps à perdre. Reprenez votre route. Retournez vers l'ascenseur d'ivoire. À moins que vous en soyez déjà lassé ? Il semble que non. Vous voilà replongé dans la blancheur hermétique de la cage d'ascenseur qui vous entraîne dans sa chute. Vous arrivez à l'*étage 6, le jardin de statues.* Quoi ? vous ne voulez pas le visiter ? Ni voir tous ces Apollon et ces Diane chasseresses qui vous y attendent ? C'est ce mystérieux *étage 10* qui vous ennuie encore, n'est-ce pas ? Sachez qu'avant de monter, il faut savoir descendre. Nous n'avons plus le temps. Le prochain visiteur est déjà en route. Tant pis pour vous ! Et que cela vous serve de leçon. Nous continuons la descente. *Étage 5, le hall des miroirs.* Vous voyez votre propre reflet se démultiplier dans ces ouvrages d'artisans renommés et se répandre dans l'air qui s'alourdit. Vous êtes pris d'un malaise. La vue de votre propre image qui semble se matérialiser devant vous et tout autour de vous vous fait paniquer.

Vous l'admirez, et en même temps vous vous prenez à la craindre. Vous fuyez, et vous précipitez dans un ascenseur sans même regarder lequel. Grave erreur. Vous avez pénétré dans l'ascenseur de bois. Certes, ses nombreuses sculptures et bas-reliefs vous émerveillent, mais attention, par votre faute, vous ne pourrez vous arrêter à l'*étage 4*, car c'est là que se trouve *la chambre aux Lanternes*. De sublimes ouvrages d'Asie et d'Europe méridionale échapperont ainsi à vos yeux de connaisseur. Nous ne voudrions pas prendre le risque que le feu n'endommage la structure de l'ascenseur de bois. Vous nous comprenez, n'est-ce pas ? Vous ne pouvez d'ailleurs que vous en prendre à vous-même et à la trop grande rapidité de votre fuite. Vous voici donc directement à l'*étage 3, le palais de la vaisselle*. Ne sont-ils pas magnifiques, tous ces vases, toutes ces assiettes, et ces porcelaines de Chine ! Non, ils ne vous intéressent pas. Évidemment. Seul l'amphore turque attire votre attention. Mais arrêtez ! Ne grimpez pas dessus ! Trop tard, ça devait arriver. Vous êtes tombé dedans, basculant directement à la *salle indigo, étage 1*. Vous êtes dans le hall du palais des arts. Mais il est vide, sinon ce ne serait plus un hall. Ne vous en inquiétez pas, il nous reste encore l'*étage 0* à découvrir. Allez-y ! On y accède par ce petit escalier. Il fait noir. Vous allumez une lampe. Il y a devant vous un homme mort. Vous n'appréciez pas la plaisanterie. Mais ce n'est pas une plaisanterie ! Il y en a eu beaucoup d'autres, mais ils ont été mangés par les rats. Ce dernier cadavre est resté intact. C'est un symbole. Vous avez maintenant appris la grande vérité que cachait cette maison. Tout art est bâti sur la souffrance, le travail et la misère d'hommes qui n'existent plus. L'art se résume même en une convulsion, en la dernière secousse du mourant qui agonise. L'art continue d'exister quand ses créateurs sont morts. Quand ils ont été oubliés. Et c'est parce qu'il n'a rien d'humain, qu'il n'a pas de raison d'être, qu'il vous laisse un tel effet d'étrangeté. Vous venez de comprendre cette vérité essentielle. Vous êtes maintenant libre de quitter ces lieux. Ou de visiter l'*étage 10.* Vous choisissez l'*étage 10.* Très bien. Prenez l'ascenseur d'or. Vous y êtes. La grille est maintenant ouverte. Entrez. La pièce est vide. C'est tout à fait normal. N'aviez-vous donc pas compris ? C'est à vous qu'il revient de créer, pour remplir cette pièce d'œuvres d'art, qui y resteront et vous survivront, comme l'ont fait les neuf autres hommes des neuf autres étages. Quoi ? Vous ne tenez plus à être immortel. Vous voulez partir. Je suis désolé, mais il est trop tard. La grille s'est déjà refermée. Vous allez devoir mourir dans cette pièce, au centre de votre œuvre. Avant d'être transporté au sous-sol. Ne nous en voulez pas. Vous étiez libre de partir. Seule votre vanité vous en a retenu. Ou peut-être votre curiosité. Tant pis pour vous. Et bon travail... Ne l'oubliez pas, l'éternité vous attend.

Slobovitch se réveilla de son état hypnotique en sursaut. Sa volonté devinait bien malgré lui que le coin lui avait à nouveau tendu un piège, et ne cherchait qu'à l'emprisonner à jamais dans un état de conscience modifié. Pour qu'il garnisse à jamais d'œuvres d'art l'imaginaire malheureusement limité de ce croisement entre deux pans de murs. À la fois fâché et inquiet, Slobovitch tourna donc le dos au coin et ferma les yeux, décidé à ne plus les rouvrir avant au moins deux bonnes heures. Ce devrait être suffisant pour que le coin se taise et comprenne que Slobovitch se refusait désormais à se livrer à ses étranges et déplorables petits jeux malsains.

Ce fut pour Slobovitch, qui avait auparavant réussi à se libérer de son ennui en conversant avec ce coin sournois, un rude moment de solitude, qui en plus n'avait nullement été préalablement envisagé. Il essaya donc de tenir bon, mais ce fut un effort si difficile et laborieux que nous préférons l'épargner à l'attentif lecteur.

SEPT

SLOBOVITCH EST TRANSFÉRÉ DANS UNE NOUVELLE CHAMBRE

Un soir, un obscur fonctionnaire souffrant de graves troubles bipolaires à tendance paranoïde décida qu'il était temps d'installer Slobovitch dans une jolie petite chambre, où était accrochée une reproduction d'un célèbre tableau d'un peintre russe quelque peu surréaliste, oublié par certains, mais que d'autres avaient conservé vaguement en mémoire.

Le lendemain, on fit venir un célèbre psycho-analyste, et Slobovitch lui fit cette étrange déposition, dans laquelle il lui racontait très précisément son délire psychotique de la veille…

Hier soir, je me couche tôt, mais ne trouve pas le sommeil, bien que le lit soit particulièrement confortable. Peut-être justement est-ce là le problème. Peut-être est-il trop confortable… Je suis assis sur la couverture, et regarde défiler les étoiles sur un faux Marc Chagall. Je ne sais pas si je dors. Mais le sait-on jamais ? J'ouvre un magazine. Il est en couleur. Je ne me questionne guère sur sa provenance. Ni même sur la réalité du moment que je vis. À la page du milieu, il y a une photographie de ma chambre. Sur le mur de cette photographie, je vois le même tableau de Chagall, qui m'accompagne déjà dans ma somnolence depuis quelques moments et semble figé dans l'espace.

Je monte sur une commode imaginaire, rangée dans le coin de la pièce. J'arrive en son sommet. Là, j'aperçois une image embrumée de la même toile, mais plus petite, et de la même chambre, elle aussi plus petite. Du sang coule dans ma gorge, mais je ne m'en soucie pas trop. Mon regard est fixé sur la toile mouvante qui petit à petit disparaît dans les limbes. Je traverse le mur blanc du haut de ma commode, et me sens tout à coup devenir léger. J'ai la vague impression de monter encore un étage. Mais au lieu d'atteindre le toit de la grande maison à trois étages du tableau, je pénètre à nouveau dans ma chambre. Ou du moins dans une copie conforme de cette dernière. Là, au centre, sur une petite table sise au pied de la toile, gît une liasse de feuillets. Sur le premier de ces feuillets est écrit : scénario de ma vie. Je tente de l'ouvrir. De lire entre les lignes. De déchiffrer le texte. Mais cela m'est impossible. L'amas de feuilles porte un lourd cadenas. Je me mets alors à chercher désespérément la clé, une clé, parmi les meubles, mais n'y parviens pas. N'y parviens plus. Je réalise alors que plusieurs caméras dissimulées dans les murs m'observent de leurs yeux inconnus. Je me sens indisposé et quitte cette chambre, identique à la première, par la fenêtre, me laissant choir doucement sur le sol de la rue qui semble s'être étonnamment rapproché. Je suis toujours aussi léger. Je marche dans la rue ensoleillée et les gens se retournent vers moi. Certains s'approchent et prennent mes mesures. Sont-ils des tailleurs ? Ne connaissant pas encore mon destin, je me laisse observer. Je me laisse mesurer. Peut-être savent-ils, eux, que je vais mourir. Qu'un jour, nous allons tous mourir. Et que ces brefs instants d'insaisissable mystère sont, eux aussi, voués à disparaître avec nous. J'ouvre les yeux. Je m'éveille. Je suis à nouveau assis sur ma couverture, devant la reproduction du tableau de Chagall. Les brumes qui m'entouraient m'ont quitté. Non, ce n'est plus la nuit. Maintenant, je ne peux plus monter sur la commode qui n'existe pas ici, pour atteindre la copie conforme de ma petite chambre du troisième étage de la grande maison qui, elle aussi, a disparu. Je ne peux plus chercher la clé, car elle ne se trouve pas ici. Et tous les espoirs de la nuit sont envolés, sauf celui de revenir au lever de la lune à cet état indicible des possibilités. La reproduction du tableau de Chagall n'est plus que le reflet tangible de la réalité. Cette réalité du temps, qui ne peut que nous décevoir, dans la longue traversée qu'il nous fait suivre et qui nous mène au cercueil des tailleurs, dont même la puissance du rêve ne peut entièrement oblitérer la persistante vision. Je veux fuir cette réalité périssable du jour qui se lève, et chercher à atteindre cette sphère surélevée qui doit environner ce monde trop vide et le remplir. Même s'il m'apparaît de plus en plus évident qu'elle n'existe pas. Tirant sa force de sa non-existence et de l'idée même qui la porte. Ce qui n'existe pas peut exister. Ou ce qui n'est pas peut être. Cette idée guide à la fois mes moments oniriques et les ambivalences de mes longues nuits de veille étriquée. Mais le jour est bien levé. Et le positivisme, sous le soleil, semble triompher. Il affirme que ce qui n'est pas n'est pas. Et que toute cette autre dimension de l'art et des sentiments collectifs est une quête futile du non-être. Oui, il dit que chacun de nous est perpétuellement dissocié des pensées des autres. Sous le masque des apparences et des sens, les symbioses spirituelles ne sont guère possibles. Et il nie la réalité de ce que le rêve projette. Alors, je sombre dans l'abandon et la mélancolie de la toute puissante vérité du jour affirmé. En attendant secrètement le retour de la nuit alvéolée. Et avec elle, le sommeil et tout l'univers des possibles.

Après une réunion du comité consultatif de médecins, le psychanalyste conclut rapidement à un état dépressif chronique chez le candidat Slobovitch, exacerbé par la présence de Marc Chagall. On le ramena donc vivement à son ancienne chambre capitonnée, dont on ferma hermétiquement toutes les ouvertures, et on l'attacha solidement. Cela, bien entendu, après avoir ordonné l'exécution immédiate du peintre russe, pourtant déjà décédé depuis plusieurs siècles et, au demeurant, tout à fait inconnu des habitants de l'Île, ainsi que, et c'était sans doute pire, son exclusion à vie du parti.

HUIT

LA COUR INTÉRIEURE
DU SÉNATORIUM

Première séance d'apprivoisement avec l'extérieur
Là où il n'y a plus de gazon

Dans la petite cour intérieure entourée de murs de béton démesurément surélevés, et parfois ombragée, il n'y avait pas de gazon, car le jour où l'on avait édifié le Sénatorium, par un étrange effet, qui semblait moins tenir de la physiologie et de l'écologique que de la philosophie et de la volonté des brins d'herbe, il avait cessé de pousser, et s'était mis à jaunir. Et comme il est plus agréable, même pour celui qui vit en réclusion, de ne pas voir de gazon du tout que de voir une étendue herboricole desséchée, on avait d'abord tenté de l'arracher. Mais devant l'insistance des racines, qui demeuraient accrochées fermement au sol et aux fondations, refusant peut-être de voir effacée de la surface du monde leur protubérance aérienne, l'administration bureaucratique avait, comme à l'habitude, opté pour la solution qui était à la fois la plus simple et la plus onéreuse. On avait coulé un parterre de béton au-dessus de l'herbe spontanément fossilisée. Et c'est ainsi que, comme le gazon ne pousse habituellement pas à travers le béton, ou du moins très difficilement, dans la cour, entourée

de hautes murailles de béton, il n'y avait pas de gazon.

Cela n'empêchait toutefois pas les habitants du
Sénatorium d'y tourner en rond, affublés d'électrodes qui les accompagnaient dans la plus grande partie
de leurs déplacements, et de profiter du grand air sans
soleil qui leur était offert une fois la journée – quand
ce n'était pas une fois la semaine – suivant le bon vouloir des fonctionnaires et – pourquoi pas ? – du destin. Il était cependant obligatoire que les candidats
suivent très précisément la fine ligne jaune qui dé-
crivait une ellipse parfaite à l'intérieur de la cour et
donnait l'impression de s'étendre à l'infini. Officiel-
lement, c'était à cause des fils. Histoire d'éviter que
les électrodes et autres appareils de tout ce beau monde
en perte d'autonomie ne s'emmêlent et forcent la direction à s'en mêler et à payer des quantités d'heures
supplémentaires à toutes sortes de techniciens et spécialistes en filage. Officieusement, cela faisait partie
intégrante du traitement. C'était pour intérioriser
l'esprit des lignes. Car, petit à petit, on voulait répandre l'usage de ces lignes colorées dans tout le Sénatorium, histoire de diriger ses habitants dans la bonne
direction et d'éviter d'avoir à les surveiller constam-
ment.

En son for intérieur, le ministre rêvait du jour
où le Sénatorium ne desservirait plus uniquement
qu'une poignée de cobayes mésadaptés, et il envisa-
geait même d'en construire un dans chaque quartier
de chaque ville du pays, où l'apprentissage des lignes remplacerait celui de l'alphabet. Alors, seulement, en conditionnant chaque individu à sa couleur,

l'État et l'entreprise pourraient enfin parvenir à bien le diriger. On peindrait des lignes colorées partout, dans toutes les régions de tous les États. Le destin de chaque individu pourrait ainsi être ordonné. Et la vie entière de chaque citoyen suivrait une seule ligne, tracée par le bureau central, jusqu'au lit de sa mort, la couleur ne s'effaçant que dans la tombe ou le crématorium. Oui, ce serait beau. Et c'est la voie de cette perfection que, secrètement, le ministre et son ministère avaient lancée en créant le Sénatorium et sa cour intérieure bétonnée où le gazon refusait obstinément de pousser.

C'est pourtant dans cette étrange cour que, contre toute attente, Igor Oswald René Slobovitch se fit un ami.

C'était un ex-camarade candidat de fort petite taille et à la bonhomie plutôt étrange. Malheureusement, il s'exprimait de façon totalement incohérente, ce qui déplut à Slobovitch. Du moins jusqu'au moment où il se rendit compte que ces distorsions vocales n'émanaient pas de la cage thoracique de l'homme, mais qu'elles étaient plutôt causées par sa propre prothèse auditive, qu'il retira vivement. Slobovitch constata alors que son oreille, autrefois sourde, avait retrouvé une ouïe parfaite, et que la prothèse avait fondu. Il crut qu'il s'agissait d'un autre miracle du traitement qu'il subissait. Il ne se doutait pas alors qu'il était, lui-même, en quête d'une trop grande perfection, en voie de voir son esprit s'égarer totalement, qu'il était encore sourd et que son nouveau camarade n'existait pas.

Slobovitch finit cependant par discuter de façon fort agréable avec le sous-produit de son imaginaire détraqué qui lui répondait, et finit même par le laisser lui conter une petite histoire qui provenait, paraît-il, d'un autre pays. Slobovitch se permit toutefois de douter de la vérité de ce conte et de ce comte – car le petit nain étrange se proclamait de lignée royale. Il ne réalisait pas encore que l'être en face de lui faisait partie intégrante de lui-même et ne relatait qu'un condensé des pensées racistes qu'il entretenait secrètement envers ceux qui se déplaçaient à quatre pattes, qui occupaient maintenant les plus hauts postes au gouvernement, même s'ils n'avaient pas encore su adapter ascenseurs et escaliers à leurs proportions pour le moins particulières, sinon carrément déroutantes.

Le nouvel ami de Slobovitch commença donc à raconter son histoire, et il ne s'arrêta plus…

Quand le premier chien fit son entrée dans la ville, personne ne le remarqua. Et quand ils furent trois ou quatre, ils devinrent tout au plus un sujet de moquerie ou de curiosité pour les citadins. Personne n'en avait alors peur. On se demandait bien d'où ils pouvaient venir. On n'en avait encore jamais vu dans la région, mais cela était plutôt amusant. Certains gamins courageux osaient même s'aventurer à les approcher en douce pour leur tirer la queue. Et les chiens, un peu balourds, se retournaient lentement, incapables de rattraper leurs assaillants qui avaient déjà pris la fuite à toutes jambes. C'est bien connu, les hommes couraient plus vite que les chiens. Et ils les surpassaient encore en tout.

Mais lorsque le dixième chien fit son arrivée, la situation commença à changer. Les gens se posaient de plus en plus de questions. On songea à prendre des mesures pour stopper cette immigration indésirable et délétère. Ou au moins pour la canaliser. Les chiens formaient maintenant une meute quasi organisée qui avait élu domicile dans les quartiers centraux de la ville. Elle commençait à être crainte de la population humaine et à donner des maux de tête à l'administration publique. Mais les gens hésitaient encore à employer des méthodes draconiennes pour enrayer le phénomène. Cela ne semblait pas bien dangereux. La mairie, pressée par l'opinion publique, émit tout de même un décret interdisant aux membres de la communauté canine l'accès à certains quartiers privilégiés. Le syndicat des chiens nouvellement formé réagit en accusant les autorités municipales de prôner un nouvel apartheid entre les espèces et promit qu'il défenderait cette cause devant les plus hautes instances du pays, et qu'il enverrait même des émissaires exposer ce cas diffamant devant les tribunaux des puissances étrangères. La mairie resta de marbre et refusa de prêter l'oreille à ces grognements.

C'est le jour où le quarante-troisième chien fit son entrée dans la ville que survint l'incident. Une vague de manifestations violentes s'ensuivit, tant humaines que canines. Les chiens tentèrent de retenir l'élan de leur colère, conscients de leur infériorité numérique et préférant la voie légale et diplomatique pour régler la crise. Les hommes, eux, étaient survoltés. Un chien, qui avait été retrouvé et arrêté après une fastidieuse enquête policière, avait été formellement accusé, preuve à l'appui, d'avoir mordu la main d'un bambin, le contraignant prématurément à l'invalidité. Le syndicat canin allégua alors que le jeune enfant en question avait auparavant, et à plusieurs reprises, agressé malicieusement et sans raison apparente le chien qui n'était pourtant pas d'un tempérament belliqueux, et que celui-ci, voyant le petit revenir vers lui avec un bâton – ou était-ce une grosse pierre ? – avait utilisé tous les moyens qu'il jugeait bons pour tenter de l'éloigner, et que sa morsure n'était, de fait, que légitime défense.

Les hommes, sans nécessairement nier la véracité de cette histoire, la jugèrent exagérée, et, de plus, insuffisante pour laver de sa culpabilité le chien fautif, qui, du reste, n'avait subi aucune séquelle apparente suite audit affrontement. Le chien eut donc un procès. Bipèdes et quadrupèdes y assistèrent en grand nombre et déchaînèrent leurs passions. Mais le jury, composé uniquement de représentants de l'espèce humaine, probablement pressé par l'animosité de ses pairs et la crainte de voir les manifestations dégénérer, prononça une sentence exemplaire, refusant même de reconnaître la contrepartie des chiens et ses considérations atténuantes, propres à susciter un allègement de peine. L'annonce tomba comme une bombe, brisant à jamais les relations déjà troubles entre les deux communautés, précipitant l'état de siège. Le chien fut condamné à mort. Par pendaison.

Lors de l'exécution publique, les hommes s'assemblèrent par centaines, criant leur joie avec exubérance. Mais les chiens, eux, ne se montrèrent pas.

On jugea qu'ils avaient peur, qu'ils avaient bien eu leur leçon. On pensa que la paix était revenue. Et que plus rien n'était à craindre.

Une période d'accalmie suivit en effet. Hommes et chiens restaient le plus souvent séparés et menaient une vie sans accrochage et sans réel incident. Une série de lois discriminatoires fut bien émise par un décret de l'administration municipale, mais les chiens ne bronchèrent pas. Et les hommes, qui croyaient voir se consolider leur position dominante, ne s'en portèrent que mieux. L'immigration canine se poursuivit cependant, mais à un rythme plus lent. La mairie ne s'en formalisa guère. Voyant que la situation interespèce s'améliorait, elle jugea qu'il n'y avait pas lieu de réglementer davantage cette migration, et alla même jusqu'à se laisser aller à un certain laxisme dans la tenue de ses livres et registres.

Mais cette période de paix n'était que le calme avant la tempête, car les chiens préparaient leur vengeance. Et leur retour.

Aussi, un jour de septembre, le maire, sentant la fin de son mandat approcher, décida qu'il était temps de remettre un peu d'ordre dans les affaires de la cité, et ordonna un vaste recensement. Les résultats portèrent un dur coup à la commune des hommes. La société des chiens comptait maintenant plus de neuf cents âmes, ce qui était loin d'égaler la population humaine de la ville, mais n'était pas sans apporter quelques soucis. Plus préoccupant encore, on assista, dans le mois qui suivit, à la première naissance d'un chiot qui fut suivie par de nombreuses autres. Ainsi, les chiens, qui se reproduisaient beaucoup plus rapidement que les humains – ne connaissant pas leurs contraintes biologiques et étant fort peu préoccupés des us et coutumes du mariage – représentait un problème démographique considérable. En peu de temps, ils formèrent une communauté désormais reconnue pour son dynamisme et son unité, occupant une grande partie du centre-ville et contribuant dans une vaste part, grâce à leur esprit d'entreprise et leur cœur au travail, à l'économie locale.

Pris de peur, les hommes qui contrôlait encore l'appareil politique local et, plus accessoirement, leur sort, décidèrent de se regrouper en organes de pression pour tenter de maintenir leur mainmise sur leur propre société humaine et pour limiter, voire arrêter, toute immigration canine supplémentaire. Les plus extrêmes allèrent même jusqu'à dire qu'il fallait contrôler aussi leur reproduction pour réduire la croissance de leur population. Devant toute cette mobilisation anticanine, les humains se sentirent vite rassurés et crurent leur cause gagnée d'avance. Ils se rendirent donc chez le maire pour faire le point sur la situation, certains de gagner facilement son appui.

Or, il en fut tout autrement.

Le maire, bien qu'ébranlé par les résultats des derniers recensements, n'était pas ce qu'on pourrait appeler, à proprement parler, un ennemi des chiens. Au contraire, il s'était même lié, encouragé par une certaine corruption, à plusieurs hauts dignitaires canins, et l'on disait que ses dîners et réceptions comptaient presque autant de convives à quatre pattes que de convives à deux pattes. Car il est vrai que les chiens, s'ils étaient réputés pour leur travail et parfois austères dans leurs affaires, savaient aussi trouver le temps de s'amuser et étaient, suivant les moments, de forts plaisants hôtes ou invités.

Ainsi, le maire écouta les requêtes de ses électeurs humains avec complaisance, mais leur fit cependant comprendre que la confrontation n'était pas, selon lui, la meilleure voie à suivre pour régler des différends. Il leur proposa plutôt la conciliation et fit venir à une table commune les hommes et les chiens.

Après plusieurs semaines de discussion intense, les choses n'avaient guère avancé, et les commissions de conciliation furent bien près d'être abandonnées complètement. Elles étaient aussi devenues objets de moqueries dans les deux communautés et les chiens, en particulier, leur donnèrent des surnoms terriblement hilarants, mais malheureusement intraduisibles en langage humain. Le maire, lui, pris entre ces deux espèces qu'il percevait comme des alliés éternels, restait pourtant inaltérable, et semblait sur le point d'échouer lamentablement.

Eh bien ! mal lui en prit. Il attira sur lui l'ire et des hommes et des chiens. Et l'on mit sa tête à prix. Devant les pressions populaires et les manifestations de plus en plus impressionnantes des citoyens humains, qui le jugeaient trop libéral et exigeaient son départ à hauts cris, et sachant très bien qu'il ne survivrait pas à un prochain mandat, le maire dut se résoudre, quelques semaines à peine avant le moment où il prévoyait annoncer les prochaines élections, à remettre sa démission.

La population de chiens dans la ville avait alors atteint des proportions encore jamais vues, et les groupes extrémistes en profitèrent, la population humaine se ligua derrière eux et leur aspirant au poste de maire, maintenant vacant. Comme les chiens n'avaient évidemment pas le droit de vote, ils étaient confiants de remporter facilement les élections, Ils seraient bientôt tout à fait libres d'appliquer une série de politiques discriminatoires pour endiguer le peuple des chiens et s'assurer de le tenir en respect, voire même de l'obliger à quitter la terre qui était d'abord celle des hommes. Hommes et chiens marchèrent dans les rues en scandant leurs slogans réciproques et plusieurs affrontements éclatèrent dans les secteurs les plus névralgiques de la cité. Mais le processus démocratique serait bientôt rétabli, et les problèmes des hommes semblaient en voie de se régler.

Mais la veille fatidique du jour du scrutin, alors que le candidat anticanin menait par près de vingt-cinq points dans tous les sondages, une nouvelle ébranla la ville. L'émissaire canin, parti depuis longtemps défendre la cause des siens à l'étranger, revenait avec un important message. Le conseil des juges du Suprême Tribunal avait tranché en faveur des chiens et dénoncé les politiques discriminatoires édictées dans la ville par les humains et l'ancien maire. Pire encore, la démocratie municipale de la cité avait été grandement remise en question et, pour la plus grande égalité de tous, les chiens s'étaient vu octroyer le statut tant recherché de citoyen et, conséquemment, le droit de vote.

La nouvelle arriva comme deux bombes. Mais il était trop tard et les hommes ne se trouvaient plus en position de réagir. La très haute cour avait parlé. Nul ne pouvait la contredire. Le scénario fut alors prévisible. Les listes électorales furent rapidement révisées, pour éviter de retarder le processus électoral, et ouvertes aux chiens. La communauté canine présenta alors un candidat surprise, jusque-là inconnu, montrant qu'elle gardait encore certaines cartes dans sa manche. Les trois aspirants maires humains qui traînaient de la patte préférèrent se ranger derrière le candidat extrémiste, dans un dernier effort pour préserver la cause commune des hommes, et la dignité humaine.

Il est inutile de préciser que le lendemain, hommes et chiens se rangèrent devant leur téléviseur – devant l'ampleur que prenait l'événement, les principales chaînes avaient décidé de présenter les résultats aux heures de grande écoute – et attendirent le verdict des urnes. La lutte fut serrée. Les deux candidats restèrent nez à nez jusqu'aux dernières minutes du dépouillement. Puis on eut finalement le résultat. Les chiens l'emportèrent par une voix. Les hommes durent se résigner à leur défaite. La démocratie avait parlé. Et nul, homme ou chien, ne pouvait s'élever contre sa voix.

Sous des allures démocratiques, le régime des chiens prit peu à peu des allures de despotisme. On annonça d'abord de grandes mesures d'urbanisme, qui se traduisirent par un déplacement des populations canines, jusque-là confinées aux quartiers sordides du centre-ville, vers les demeures humaines cossues des banlieues, maintenant expropriées. Les hommes, chassés de chez eux et sans domicile, durent se contenter d'aller vivre comme locataires dans de hautes tours crasseuses, appartenent à des investisseurs canins ou au gouvernement, et qui étaient maintenant louées à des tarifs exorbitants ou, encore, s'ils n'en avaient pas les moyens, dans les bidonvilles installés en périphérie, où les nouvelles et dogmatiques brigades policières canines les pourchassaient.

Peu après, l'impôt pour les chiens fut levé, et celui pour les hommes, doublé. Les cadres humains des grandes entreprises furent remplacés par des chiens et on les obligea à prendre part à de grands travaux publics. Le système d'éducation fut ensuite revu en faveur des chiens qui purent fréquenter les meilleures écoles, maintenant abandonnées par les hommes. On corrigea les manuels d'histoire, accordant dorénavant une supériorité historique aux chiens et réduisant les hommes à un statut de quasi-esclaves au service de l'intérêt supérieur de la race et de la nation canine. Les médias furent, eux aussi, pris en charge par l'État, et l'information judicieusement contrôlée, de façon à favoriser les chiens, et principalement les familles gouvernantes et la grande oligarchie renouvelée.

Pendant que les humains, déstabilisés par leur échec électoral et ses conséquences, cherchaient à refaire leur vie, les grandes familles de la diaspora canine se livraient une terrible lutte pour s'assurer du contrôle absolu, et presque monarchique, de la mairie. Après la grande purge des employés municipaux, où tous les bureaucrates humains furent envoyés en exil, le processus démocratique fut une fois pour toutes éteint. Mais, faisant preuve de grande ruse, les chiens surent préserver leur image publique et, à grands coups d'élections truquées et autres procédés malhonnêtes, ils réussirent à conserver une justice et une démocratie formelles qui leur attirèrent même les éloges de la communauté internationale.

C'est ainsi que les hommes devinrent peu à peu les esclaves des chiens. Et que la race canine put jouir d'une vie des plus paisibles et des plus opulentes. Du moins jusqu'à l'arrivée dans l'enceinte de la ville, un soir, d'un premier loup.

L'ex-camarade candidat imaginé par Slobovitch compléta ensuite sa non moins imaginaire et incohérente histoire, infabulée par des propos si complètement horribles et arbitraires sur la pourtant si digne race canine qu'il ne convient pas ici de les rapporter, de peur de froisser certaines susceptibilités.

Mais Igor Slobovitch, après cette légère errance, dut abandonner son conteur aux déviances xénophobes dignes de celles d'un sous-ministre mécontent et exagérément paranoïaque, pour rejoindre ses appartements et se préparer mentalement à la visite de ses médecins et à la poursuite de son remodelage, qui devait s'amorcer par divers traitements médicaux et paramédicaux qui s'avéraient, disons-le, assez corsés.

Le broyeur illuminait le coin de la pièce de son éclat métallique. Des émanations de produits nettoyants, non testés sur les animaux, embaumaient toute la pièce. Assis à son petit bureau étroit, plongé dans la semi-obscurité qui l'entourait, le bureaucrate se tenait la tête entre les mains. Et l'on sentait que, bien malgré lui, et par-delà ses convictions les plus profondes, il tremblait. Saisi par le doute, il ne parvenait plus à maîtriser ses émotions. Il n'osait pas se retourner vers le broyeur à papier, mais il devinait sa présence. Et il savait que le regard inanimé de l'objet était pointé droit sur lui. Le monstre mécanique avide de cellulose émit un faible grognement. Et le haut fonctionnaire comprit qu'il riait. Il tourna les yeux vers le dossier # 458-b.3, dont les feuillets empilés et bien classés trônaient au milieu de son bureau. Devait-il succomber à l'appel incessant de la machine et les détruire ? Ou devait-il retenir cette envie ? Le broyeur émit un second grondement plus intempestif. Il montrait visiblement des signes d'impatience. Il avait faim. Et attendait l'heure de son repas.

Le bureaucrate se leva, puis se laissa retomber sur sa chaise, à nouveau pris de faiblesse. Le broyeur lui avait souri. Lui qui dévorait avidement le papier pour ses maîtres, leur laissant le soin de s'occuper des âmes. Mais ces réflexions sur la bureaucratie n'avaient pas leur place. Il avait une tâche à accomplir. Après tout, il était un haut fonctionnaire, et un chef de bureau. Il avait fait de longues études pour en arriver là. Il ne pouvait tout sacrifier. Pourtant le doute continuait à le hanter. Et, à quelque distance derrière lui, le broyeur attendait.

Le sous-directeur du Bureau institutionnel des règlements se leva à nouveau, songeur, puis prit le rapport dans sa main gauche et s'avança d'un pas déterminé vers le suprême avaleur des anonymes. Il le mit doucement en marche. Après avoir fait tourner ses lames à quelques reprises, histoire de les réchauffer, le broyeur s'arrêta et se mit en position d'attente. Il était maintenant redevenu d'une patience inflexible. Le sens de sa vie mécanique se trouverait bientôt concrétisé. Au fond de lui-même, le fonctionnaire pensa alors que le broyeur faisait un excellent bureaucrate, exécutant toujours froidement les ordres sans questionner, ce à quoi, lui, ne pourrait jamais aspirer.

Retenant son souffle, le sous-directeur approcha lentement la liasse de feuilles des lames, puis la retira vivement, paralysé par une nouvelle vague d'hésitations. La déchiqueteuse émit un grognement. Elle, ne se remettait jamais en question. Mais ce n'était plus de l'impatience. C'était seulement la faim. Seulement la faim. Le fonctionnaire crut entendre un bruit près de la porte et se retourna brusquement. D'un coup sec, le broyeur lui happa la main droite. Le bureaucrate faillit s'écrouler de douleur. Il quitta précipitamment son bureau, tenant fermement dans sa main encore valide le précieux document qui portait la simple mention dossier # 458-b.3, écrite en caractère gras, et fila rapidement vers le poussiéreux service des archives, conscient qu'il avait accompli son devoir de serviteur de l'État, et saisi d'une certaine fierté.

Quand le secrétaire général du sous-ministère de la Santé publique et des Transports intemporels de la section du Sénatorium prit connaissance du rapport # 458-b.3, qui faisait état des recommandations du sous-ministre à la Pensée conforme, il ordonna immédiatement le transfert de l'évoluant portant le matricule 28-51-69, qui semblait avoir récemment ou beaucoup progressé, ou tout à fait régressé, selon les points de vue et avis contradictoires des spécialistes responsables de son cas. Celui-ci, qui n'était autre que Slobovitch, n'avait encore aucunement conscience de ces rapports divergents à son sujet, croyant toujours en l'existence réelle de l'homme qu'il avait rencontré plus tôt dans la cour où l'herbe ne poussait plus. Cet homme n'était pourtant rien d'autre qu'un sous-produit de son imaginaire et de son émotivité surmédicalisée. Il déménagea donc vers l'annexe du Sénatorium. Rappelons que l'administration ne faisait jamais d'erreurs, car même quand elle en faisait, elle avait toujours pleinement raison de le faire.

NEUF

L'ANNEXE DU SÉNATORIUM

Ce soir-là, Slobovitch fut donc emporté sans explication apparente dans une annexe particulière du Sénatorium par des fonctionnaires du réputé établissement étatique. Le voyage en autobus fut long mais agréable, bien que Slobovitch y fut entouré d'inconnus qui ne semblaient pas intéressés à échanger sur leur condition et qui, peut-être, n'existaient pas vraiment. Toujours est-il qu'ils étaient recouverts d'énormes couvertures et que, comme nous étions maintenant en juillet, ils devaient avoir bien chaud. Il faut aussi souligner – ce qui est sans lien direct avec le reste de l'affaire – qu'ils ne bougeaient pas et sentaient quelque peu la charogne. Arrivant près d'une rivière, l'autobus ne chercha même pas à s'arrêter et commença à rouler sur les eaux sans pour autant s'y enfoncer. Cette marche de l'autobus sur la rivière, qui avait quelque chose d'une parabole biblique, amusa Slobovitch, mais sans l'étonner davantage. Les autres ne bougèrent pas non plus.

Seul dans sa nouvelle cellule, avec pour seule compagnie celle d'un immense haut-parleur muet qui lui faisait face, Slobovitch fit connaissance avec le vide et le silence.

Dans la cellule voisine se trouvait un mourant. Il restait immobile, étendu sur son lit, à se bercer d'incohérences, seul au milieu de la chambre inondée de musique. Il faisait noir, la pièce était sans fenêtre, mais les sons qui s'échappait des haut-parleurs éclairaient l'homme à demi aveugle. Il n'avait pas d'amis. Pas de famille. Pour le veiller. Il avait passé sa vie dans l'isolement. Sacrifiant tout à son unique passion. À ces chants qui l'enivraient. Et maintenant, son heure était venue. Et il restait seul. Mais il se sentait heureux, dans l'abandon de ses couvertures. Dans le petit univers de sa solitude. Oui, malgré tout il était heureux. Ou du moins, il le croyait. Car il avait auprès de lui les plus grands compositeurs, qui l'inondaient de leur art, à travers la fine barrière des haut-parleurs. Non, il n'avait aucun regret. Il avait le sentiment d'avoir pleinement vécu. Et le grésillement de l'orchestre électronique accréditait cette pensée. Toute sa vie, il s'était noyé dans la musique… sa musique, pour oublier ses sombres frustrations. Et toutes ces situations où il n'avait pas su agir comme il aurait dû. Comme il aurait fallu. Noyant ses peines dans le gouffre de cette obsession. Oui, il avait vraiment passé toute sa vie en communion avec cette musique venue d'un autre temps. Un temps qui n'était pas le sien. Et elle ne lui survivrait pas. Il en avait la certitude. Toute la musique mourrait avec lui. Oh ! combien il aimait cette mélodie, et comme il savait répondre à ses modulations ! Il était même venu à penser qu'elle n'existait que pour lui. Que par lui. Il sentait la mort s'immiscer en lui. Elle venait lentement, sans précipitation. Comme une douce et agréable paralysie. Il lui restait encore quelques minutes pour jouir de sa passion. Le haut-parleur entama son air favori. Il se mit à sourire et une larme coula sur sa joue. Il s'en allait léger. Comme dans un rêve. Un doux endormissement. Calme et sans se presser, une joie intense faisait tressaillir son cœur. Il se sentait bien, inatteignable. Il était à l'abri. Embaumé de musique.

Un bruit sourd vint interrompre la mélodie et, dans un dernier crépitement, les haut-parleurs et le menuet rendirent l'âme. L'homme se mit à râler. Il voulait que la musique continue. Mais le grand haut-parleur n'entendit pas ses lamentations. Il resta muet. Et la vie continua de quitter le corps inerte de l'homme. Jusqu'à disparaître complètement. Il mourut dans le plus complet silence. Abandonné par une musique qui n'avait pas été écrite pour lui. Une musique fausse qu'il détestait maintenant.

Slobovitch n'entendit pas plus cette musique qu'il ne la comprit, et sa conscience tranquille n'en fut donc guère affectée.

Il apprit donc à cohabiter avec un cadavre, et cela lui fit le plus grand bien, et cela lui ouvrit l'esprit. Derrière lui se trouvait une fenêtre, mais elle était bouchée. Aussi Slobovitch ne sut-il pas ce qui se passait dehors, et ça, il lui sembla qu'il le regrettait amèrement. Il manquait en effet un très beau spectacle.

Pourtant, en ce qui devait être un soir, Slobovitch eut le subversif étonnement de recevoir une lettre, bien que sa cellule ne comporta plus aucune ouverture depuis que le service d'entretien eut tout scellé par crainte de contamination idéologique. Elle contenait cette simple phrase, transmise par une main malhabile de fonctionnaire, à la calligraphie viscéralement désagréable.

Erns Vendelsson est mort.

Igor Slobovitch ne connaissait aucun Islandais du nom de Vendelsson, et ne croyait pas vraiment que cette famille eût jamais existé. Il ne connaissait pas non plus Reykjavik, pas plus que la merveilleuse ville de New York et les États-Unis d'Amérique. Il ressentit pourtant un vif chagrin. Et, pour la première fois, il ressentit vraiment de l'humanité.

Quelques jours plus tard, on jugea que Igor Oswald René Slobovitch était prêt à renaître. Il fut donc placé dans un vaste jardin pathologique aux horizons maculés de blanc fade. Et là, Igor Slobovitch vécut pour la première fois. Semblant avoir tout oublié de son passé, il entreprit une redécouverte de ses sentiments intérieurs, matérialisés devant lui par la puissance des drogues hallucinogènes qu'on lui avait préalablement injectées. Ainsi connut-il la mort, la mort véritable. Celle qui passe par l'oubli.

Pourtant, sans savoir véritablement pourquoi – du reste, il le découvrirait bien assez tôt – Slobovitch se rappela une petite boîte de lait en bois gravé qu'un laitier lui avait un jour offert avec gentillesse, alors qu'il traversait une rue achalandée du centre-ville, encore tout jeune enfant, à cette époque où la ville avait encore un centre relativement bien défini. Il n'avait jamais su pourquoi, mais cette petite boîte prodigue l'avait marqué à jamais. Il avait d'abord renoncé par bonté d'âme à la jeter comme tout le reste dans le grand incinérateur régnant sur la mémoire de la Cité, ce qui était à la fois des plus inhabituels et formellement interdit. Dans l'Île, le souvenir égalait trop souvent la tradition, et pour assurer le progrès général et démultiplié, il avait fallu l'enrayer. Cette boîte, il l'avait aimée – comme aucune autre chose – mais il avait fini par se résoudre à la jeter au feu, par conditionnement social. Il n'avait plus jamais connu de sentiment aussi ample et précieux avant son entrée au Sénatorium, dont la silhouette avait un jour poussé aux abords d'un chemin jusqu'alors peu fréquenté.

Mais le souvenir de la petite boîte de lait en bois gravé, lui aussi, finit par s'effacer graduellement de l'esprit en constante évolution de Slobovitch, n'y laissant plus que la trace d'une simple boîte, à l'intérieur de laquelle Slobovitch devinait la présence d'un homme. Un petit homme. Qui y avait vraisemblablement passé l'ensemble de sa courte existence. Et qui ignorait jusqu'à la possibilité d'un monde à l'extérieur de la boîte…

Igor approcha son oreille de la paroi de la boîte qui s'était matérialisée devant lui, et il écouta. Bien que cet univers se résuma pour l'instant à un seul être, et si petit, Igor l'écouta tendrement. Le petit homme croyait vivre ses derniers moments au milieu des entrailles de carton. Après quelques moments, cependant, Igor se sentit lassé par tant de souffrance gaspillée, et il releva la tête pour observer distraitement une volée de papillons.

Voici toutefois ce qu'il put discerner dans les propos du petit être encartonné, avant de le laisser à son silence perpétuel.

Je suis né dans la boîte. J'ai vécu dans la boîte. Je n'ai jamais connu que l'intérieur de cette boîte. Mon univers encartonné se limite à ses trop proches parois. Au fil des ans, la boîte m'a semblé devenir plus étroite. Je crus d'abord ce phénomène tout à fait normal. En effet, comme je grandissais, il était logique que la boîte me paraissait devenir plus petite. Mais hier, alors que j'étais plongé dans un profond sommeil, il m'est venu une idée horrible. Et si c'était réellement la boîte qui rapetissait ? Et si elle prolongeait indéfiniment son mouvement dans le seul but, un jour, de m'étouffer ?

La boîte, qui est peut-être liée au continuum de mon flux mental, semble capable de lire dans mes pensées. À la suite de mes récentes hypothèses, elle semble en effet avoir accéléré son mouvement, de manière à me prendre au piège de façon inexorable. Son rétrécissement graduel et ininterrompu, qu'elle ne tente plus du tout de cacher, s'est accéléré de façon dramatique. Peut-être n'ai-je fait qu'exciter sa rage qui ne trouvera réparation et contentement que dans mon anéantissement ?

Je dois dormir. Mais je ne trouve plus le sommeil. Pourtant, auparavant, il faisait preuve envers ma personne d'une grande docilité, malgré l'évidente étrangeté de mon univers clos. Il m'est dorénavant impossible de me mettre debout. Et la boîte poursuit son indéfinissable mouvement de balancier.

L'heure de ma mort sonnera bientôt. Et je n'envisage pas de solution. Mon corps est régulièrement secoué de spasme. Au-dessus de ma tête, le carton se plisse. Je m'étends peut-être pour la dernière fois. Le carton me couvre maintenant les yeux, je ne peux même plus les entrouvrir. L'atmosphère devient suffocante. Je me résigne tranquillement à mon destin. Je vais mourir étouffé.

Comme une pointe, comme un réflexe de condamné, une toute dernière idée germe faiblement dans mon esprit sous-oxygéné, puis vacille. Je parviens quand même à la visualiser avant qu'elle ne s'éteigne tout à fait. Et s'il existait autre chose, un autre monde, un autre univers en dehors de la boîte ? Et si c'était là ma seule issue ? Quitter la boîte qui m'a toujours bercé et nourri pour entrer dans le monde.

Saisissant mon courage, je serre les poings et frappe le carton en de nombreux endroits. Après d'énormes efforts, mes ongles arrachent un lambeau aux flancs de la boîte. Je l'entends hurler de douleur et de rage. Alors, une larme coule sur ma joue, devant mon geste matricide, mais je me dois de continuer. D'instinct, je sais que je le dois. Et je recommence à la frapper.

Et je déchire ses flancs, et je me fraie un chemin à travers elle. Je disparais dans ses entrailles, et m'échappe par sa blessure.

J'ouvre les yeux et vois le soleil se lever. Autour de moi, il y a une forêt. Je me lève et je suis heureux. Je cours parmi les êtres et les choses et m'enivre de leurs parfums. Je me couche dans l'herbe et m'endors d'un sommeil plus doux que je ne l'aurais jamais rêvé.

À mon réveil, rien ne semble avoir changé, et mes sens sont ivres. Cependant je remarque, dans un coin de ciel, un objet sombre qui me semble familier. Je me lève et cherche à y regarder de plus près. L'objet semble vouloir se rapprocher. Alors, mon cœur frémit d'horreur, car je le reconnais. Je plonge dans un état de semi-conscience que je souhaiterais ne plus jamais quitter. L'objet se rapproche encore davantage et il devient facile de le distinguer. Il s'agit d'une paroi. La paroi d'une boîte. Une autre boîte.

Vingt-huit secondes après qu'il se fut mis à les regarder, les papillons de Slobovitch disparurent dans un éclat de verre brisé, le laissant à nouveau complètement seul.

Slobovitch ignorait que des mouches maniaient férocement les sept cent cinquante et une machines à écrire qui avaient été disposées tout juste au-dessus de sa cellule, et cela dans le seul et unique but de le mettre inconsciemment en colère et de perturber son sommeil. En effet, ce qu'elles écrivaient était complètement dépourvu de sens. Du moins à première vue…

Un jour, pour tromper le pathétique de sa situation, Slobovitch s'inventa un oiseau, mais il était aphone. Il s'en montra d'ailleurs fort malheureux, mais continua quand même à l'observer chaque jour, et parfois de nombreuses minutes. Pour tromper l'éternité. Puis un jour vint l'Illumination.

Mais avant, vint le rêve que chaque homme doit traverser avant de devenir pur esprit. Slobovitch, dans un doux et paisible sommeil, rêva qu'il était celui qui anéantissait l'humanité. Il se réveillait un matin, qui était pourtant comme tous les autres, et ressentait l'irrépressible besoin de se mettre en quête d'une pioche et d'une pelle, avant de se diriger vers sa boîte aux

lettres pour aller, comme à chaque jour aux premiè-
res lueurs de l'aube, se saisir de son courrier.

Comme il s'y attendait, il ne reçut qu'une seule
lettre, au lieu des trois habituelles. C'était une enveloppe cachetée, mais dépourvue de toute adresse. Sous
le coup d'une émotion inexplicable, il l'ouvrit, pour y
chercher une nouvelle fois son incommensurable destin. Il en sortit une mince feuille de papier blanc, soi-
gneusement pliée en deux, et sur laquelle étaient écrits
ces mots :

Cher petit,
Tu n'existes pas. Combien de fois devrais-je
me tuer à te le dire et te le répéter ?
Alors, s'il te plaît, ne m'écris plus. Plus jamais.
                                    Ta maman

Slobovitch faisait maintenant face au haut-parleur
et le haut-parleur lui faisait face. Il était seul dans la
pièce, mais il ne s'y sentait pas seul. Il y avait aussi
cette sensation, ce lien qui l'unissait, semble-t-il, à
un univers invisible et indéfini, mais dont il n'avait
pas peur, car la voix du haut-parleur était chaude et
bonne. C'était la même voix qui l'avait autrefois
éveillé et endormi dans la blancheur du linoléum blanc
et vaporeux qui entourait la cour du Sénatorium et
lui conférait cet aspect si accueillant. Il avait encore
été drogué. Cela l'aiderait, paraissait-il. Quand on
commençait à entendre des voix assez fréquemment,
on n'avait plus besoin du haut-parleur. Et ça, c'était
un progrès, selon les spécialistes. Aussi, comme il voulait progresser, il avait accepté de prendre les drogues.

Et en avait même redemandé. Mais pas trop, car cela risquait de devenir dangereux. Et il ne voulait surtout pas ressembler à son camarade raciste de la cour, qu'il distinguait encore de sa propre personne, ignorant qu'il n'était pourtant rien d'autre qu'un produit de son propre cerveau maintenu artificiellement malade. Mais ça aussi c'était à cause des drogues. Alors, au fond, ça ne comptait pas.

Le haut-parleur commença par lui dire bonjour. Mais Slobovitch s'abstint de répondre. En effet, il n'y avait pas de fenêtre. Et, conséquemment au fait qu'il n'y avait pas de fenêtre, il ne pouvait pas savoir avec certitude si on était le jour ou la nuit. Et comme il ne faisait pas encore intégralement confiance au haut-parleur, malgré son apparente bienveillance qui commençait lentement à gruger sa méfiance et était en voie de le séduire complètement, voire de le subjuguer, il ne pouvait lui répondre, car peut-être le trompait-il. Slobovitch savait que s'il répondait au haut-parleur en prononçant le mot qu'il lui tendait, il risquait de se retrouver au plus profond de la nuit alors qu'il ferait jour dehors et, se sentant encore une fois berné, il hurlerait et deviendrait fou. Il est vrai que son double anticanin, s'il avait pu l'entendre en ce moment, aurait eu tôt fait de l'éclairer sur son état mental.

Toujours est-il que le haut-parleur enchaîna, non sans quelque surprise devant ce qu'il interprétait comme une impolitesse de la part de celui qui était pourtant son invité, et poursuivit son discours avec flamme, une flamme que la froideur de Slobovitch avait pratiquement éteinte.

« Le Sénatorium n'est pas un lieu de passage physique d'un point A à un point B mais une voie spirituelle d'un point A à un second point A. » Décidément, cela ne ressemblait pas beaucoup aux manières du gouvernement. « Le Sénatorium est un catalyseur d'unification des volontés. Lui seul permet une unification potentielle des existences constituantes. » Et Slobovitch comprit.

Il cessa d'entendre les paroles du haut-parleur qui se fondirent en une musique de croassements harmonieux qui le berça à nouveau. Sa vision devenait claire. On ne l'avait pas placé en isolement et drogué de médicaments sans raison. On l'avait mis en situation d'éveil.

Les bureaucrates eux-mêmes ignoraient probablement la finalité de cette expérience, et progressaient en même temps que lui. À petits crachotements de pas vers l'universel. Mais maintenant, Slobovitch savait. Il comprenait que l'homme à l'étrange histoire de chiens n'existait pas réellement, mais qu'il avait constitué une étape primordiale dans sa propre évolution. Il comprenait aussi que, malgré tous les artifices, sa seule et véritable naissance au monde ne pouvait venir que de lui. Que de son être. Et il vit alors ce qui avait toujours été en lui, mais qu'il avait mésestimé, et un océan de possibilités le submergea jusqu'à l'évanouissement.

Quand on ranima Slobovitch sur la table des opérations mineures, entouré de stagiaires médico-légaux qui le scrutaient avec curiosité et qui avaient tous secrètement espéré sa mort, il demanda immédiatement du papier. Il voulait coucher sur ce support ses impressions et l'immensité de ses conclusions, de peur que la poursuite des expérimentations qu'il devrait bientôt entreprendre ne risque de le conduire vers un sombre destin. Mais il en fut incapable. Ce moyen ne lui convenait plus. Il prit alors une grande inspiration, et créa un être ballon, qu'il espérait assez fort pour transporter l'ensemble de tout son savoir nouveau et le préserver à jamais, lui, d'une éventuelle mais toujours possible destruction.

Cet ouvrage
composé en Aldus roman corps 12
a été achevé d'imprimer en novembre 2001
sur les presses d'AGMV Marquis inc.
pour le compte des éditions de la Pleine Lune

Imprimé au Québec (Canada)